夢うつつ

目次

ビゴーの妻

プロローグ

パリのセーヌ左岸にある五区は、渦巻き状に配されたパリの行政区のほぼ中央に位置し、そこにパンテオン（フランスの偉人たちを祀る霊廟）があることから、パンテオン区とも呼ばれている。

この五区から六区にかけての地域は、一般に〈カルチェ・ラタン（ラテン語地区）〉として知られているが、これはフランス語が標準語となる以前、ヨーロッパ各地から集まってきた学生たちが、共通の言語としてラテン語で会話していたことに由来している。

この地区には、パリ第一大学（パンテオン・ソルボンヌ）、パリ第二大学（パンテオン・アサス）、そして国立高等美術学校（エコール・デ・ボザール）といった教育機関が立ち並び、古くから学生の街として賑わっていた。

一八六〇年四月、ジョルジュ・フェルディナン・ビゴーは、この五区にあるノワエー街四六番地で、下級官吏の父オーギュストと画家である母デジレーの長男として生まれた。

四歳の時に妹ジャンヌが生まれ、八歳の時に父が三十四歳の若さで他界したため、ビゴーは母親の女手一つで育てられた。

母は幼い頃よりビゴーの絵に対する非凡な才能を認め、自ら熱心に絵の手ほどきをした。

一八七〇年、ビゴーが十歳の時、フランスでは普仏戦争でナポレオン三世による帝政が崩壊し、第三共和政に移行したものの、政情は不安定なままで、翌年三月には、パリ市の革命自治体によって世界初の労働者による自治政府《パリ・コミューン》が成立した。

この頃、人々の間では、あるシャンソン（歌）が流行していた。

パリ・コミューンの一員で銅工職人であったジャン＝バティスト・クレマンが作詞し、テノール歌手のアントワーヌ・ルナールが曲をつけた「さくらんぼの実る頃」という歌である。

さくらんぼの季節に私たちが歌うと
陽気なナイチンゲールやマネシツグミも
みんな浮かれてお祭り騒ぎ

プロローグ

美しい娘たちは恋に浮かれ
恋人たちの心は太陽の光に満ちあふれる
さくらんぼの季節に私たちが歌うと
マネシツグミたちはとても上手に囀りはじめるだろう

この歌は、元々はさくらんぼの実る季節の淡い恋の思い出を綴った内容であったが、激しい市街戦の犠牲となった看護師ルイーズに捧げられ、人々に愛されるようになったと伝えられている。

そんな歌が街に流れる中、ビゴーはスケッチブックを片手に、すっかり荒廃してしまったパリの様子を克明にスケッチして回っていた。

十二歳になると、ビゴーはこの地区にある国立高等美術学校に入学し、本格的に絵画を学び始める。だが十六歳になると、ビゴーは家計を助けるためにあっさりとこの学校を退学し、細々とではあるが、雑誌や小説などの挿絵の仕事を始めることとなる。

そしてこの頃、パリではジャポニスムの一大ブームが巻き起こっていた。

パリで開催された二度目の万国博覧会に、日本が初めて参加したのは、江戸時代末期の慶応三（一八六七）年のことであった。当時は江戸幕府、薩摩藩、佐賀藩がそれぞれ別々に出展するなど、当時の不安定な国内情勢を映し出してはいたが、それまでヨーロッパの人々の目に触れることのなかった北斎や歌麿、写楽の手による浮世絵版画が大流行となり、多くの印象派の画家たちに多大な影響を与えることとなる。

これに拍車を掛けたのが、明治十一（一八七八）年に開催された三度目のパリ万博であった。当時、ビゴーはルイ・ゴンスの著した『日本の美術』やエミール・ゾラの小説『ナナ』の挿絵を担当するなど、それなりの安定した収入を得てはいたが、彼自身もまたジャポニスムの洗礼を受け、まるで熱病に罹ったかのように、日増しに日本への憧れが高まっていったのである。

そして明治十四（一八八一）年の暮れ、ビゴーはついにマルセイユの港から日本へと向かう船上の人となっていた。二十一歳のことであった。

一　明治二十七年（一八九四年）

江戸時代、東京の神楽坂は、江戸城外濠の牛込門に通じる交通の要衝で、若狭国小浜《おばま》藩の江戸屋敷がありました。

初代藩主であった酒井忠勝様が三代将軍家光公より拝領したその屋敷には、家光公自身が百回余りも「御成」になられたとも伝えられています。

幼い頃の私にとっては、神楽坂といえば、善國寺の毘沙門さま、赤城神社の縁日、母のお供でしばしば出掛けた呉服屋さん、それに本多横丁の菓子屋さんなどが懐かしく思い出されます。

ただそれぞれの思い出の全てが、まだ陽の明るい時分のものでありまして、夕闇が迫ってまいりますと、いつも何かにせき立てられるように急ぎ足で帰路についていた記憶があります。

時々すれ違う艶やかな芸者さんや、何処からともなく繰り出してくる洋装の紳士たちと擦れ違いながら、夜の神楽坂は女子供が立ち入ってはいけない場所であることを、子供心に何となく感じておりました。

外濠に架かる牛込橋から神楽坂を一町ほど上った路地を右に折れると、その界隈では ちょっと名の知られた《末よし》という料亭があります。ここを利用する方々は、当時の知識人や文人、近くの物理学校の先生方や、ちょっとした小金を懐に入れた粋人と相場は決まっていたようです。

明治二十七（一八九四）年七月、日本と清国との戦さがもはや避け難いものとなり、新聞には連日のように、従軍志願者や献金の呼び掛けといった記事が載せられておりました。

余り良い時節とはいえませんでしたが、そんな中で、あの人と私は《末よし》で祝言を挙げることとなったのです。

私が満で十七、あの人は三十四歳になっておりました。

市ヶ谷本村にある私の家に、あの人が初めてやって来たのは明治十五年前後で、私はまだ四、五歳くらいだったと思います。私の最も古い記憶の断片の中には、父や母、それに兄や姉たちと一緒に、あの人の面影が幾つも残されておりました。

あの人は突然ふらっとわが家にやって来て、二年余りの間、離れで暮らしておりました。年の離れた兄や姉は遠慮がちにあの人と接していたようですが、私は好奇心から、いつもあの人の住む離れに上がり込んでは、遊んでもらっていました。まるで飼い猫のように、そこが自分の居心地のいい場所であるかのように、あの人の膝の上にちょこんと座り込んでいたのです。

当時、あの人は陸軍士官学校や司法省の画学教師などを務めておりました。いつも舶来製の図画帳とペンを携帯しており、私と遊ぶ時には決まってそれらを取り出して、私の前に並べてくれました。私は気の向くままにペンをとって自由に絵を描くのですが、時折、あの人が人の顔やら草花、建物や流行りの乗り物などを書き足してくれました。どこか滑稽で洒落の効いたそれらの絵は私の大のお気に入りだったのです。

二年ほどで、あの人は市ヶ谷上二番町に一軒家を借り、そちらの方に移っていかれましたが、その頃には麹町に開かれた中江兆民先生の仏語塾の教師を務められていたようです。引っ越した後も、あの人は時折わが家にやってきては父の晩酌の相手をしながら、私の求めに応じて絵を描いてくれました。七、八歳の頃の私の似顔絵を描いてくれたものが、今でも大切な宝物として保管してあります。

その後、あの人は『トバエ』という雑誌を刊行し、『改新新聞』の専属画家となるなど、多方面での活躍が始まりました。同時に日本各地に旅に出掛けることが多くなり、私の家に顔を出すのも年に数回程度となりました。その都度、あちらこちらの珍しいお土産を届けてくれましたが、ここ一、二年はプッツリと音信が途絶えておりました。

「お国の方にでも帰られたのでしょう。」

母も、兄や姉たちもそんな風に噂をしておりましたが、父だけは「ビゴー君は律義だから、故郷に帰る時は必ず挨拶にみえる筈だ」と言っておりました。私はもちろん父の言葉を信じておりました。

そして数年ぶりにひょっこりと姿を見せた時、あの人がおもむろに父に言ったのです。

「マスを私にください！」と。

妻になって欲しいと望まれた時、それは私にとっては幼い頃からの約束事であるかのように、何の抵抗もなく、ごく自然と受け入れることができたのです。

ただ父の考えだけは違っておりました。娘を異国にだけは嫁がせたくはないという理由から、当初はこの結婚に強く反対していたのです。

父は、日本に骨を埋める覚悟はあるのかと、あの人に強く聞き糺したのです。

「覚悟があるのかと問われますれば、もちろんありますとお答えいたしましょう。今はフランスに帰国することは、全く考えてはおりません。ただ、佐野さまもご存じのように、私は幼い時分に父親を亡くし、母の手一つで育てられました。ですから、その母が病に伏したというような知らせを受け取りますれば、一時はフランスに戻らなくてならないでしょう。ただそのような場合でも、必ず日本に帰ってくる覚悟でございます。」

そんな母親想いの息子の言葉に絆《ほだ》されて、結局父が折れ、渋々この縁談を承諾することとなったのです。

《末よし》での披露宴は、時節柄余り派手にやるのは控えた方が良かろうという父の提案で、双方のごく親しい者だけが二十名ほど顔を揃えただけの質素なものとなりました。ただその内輪の集まりに、中江兆民先生が駆けつけてくださいましたことは、私の親類縁者の誰もが驚いておりました。兆民先生が市ヶ谷で仏学塾を主宰されていた時、あの人がフランス語の教師をしておりましたし、あの人の描いた絵画に添えられている日本語の文章は、兆民先生自らが認めたものも多数ございました。先生は、つい最近まで衆議院の議員も務めていらっしゃいましたから、兆民先生の名前を知らぬ者はおりませんでした。

あの人と相談して、兆民先生には来賓としての祝辞をお願いいたしました。

「本日は大変おめでたい席ではございますが、お二人にお祝いの言葉を申し上げる前に、ちょっとこの場をお借りいたしまして、まずはここにお集まりの皆様方に問いたい。わが国が清国と戦さをすることは、果たして正義と呼べるものでありましょうか？　わが国は維新の改革を経て、未曾有の発展を遂げ、アジアでは類を見ないほどに発展した文明国となりました。この文明国となりました日本が、隣国である朝鮮国の鎖国を解き、その宗主権の地位をめぐって、いまだ文明国とならざる清国と一戦を交えようというのです。文明国であるならば、まずは政治家が外交を通じて、戦さにならぬ道を探ることが何より肝要ではないでしょうか？」

兆民先生はそこで一息つくと、更に言葉を続けました。

「もう一言付け加えるならば、一人一人の民衆の集合体が国家というものであります。民衆レベルで悪とみなされる行為は、当然国家レベルにおいても悪であります。民衆が他人のものを盗めば、盗賊と糾弾され処罰されるのに、国家が同様のことをすると、これは強国と称えられる。論理の矛盾もはなはだしいではありませんか。戦争を避けがたいというのは、それは政治家の怠慢、無能というものに他なりません。私は今次の戦争に断固として反対する立場であります。私は国会議員を辞した後、現在は鉄道業に本腰を入れておりますが、強兵よりも富国、つまりは国内産業、とりわけ交通網の整備を最優先させるべきでありましょう。巷では脱亜論などというものが持て囃《はや》されておりますが、それは大いなる錯覚でありまして、一歩間違えると日本国は欧米列強と同じく、亜細亜における洋賊と成り果ててしまうのです！」

兆民先生は一気に捲し立てましたが、ようやく披露宴の席上であることを思い出されたのでしょうか、ちょっと頭を掻く仕草をして、大きく咳払いをしてから、再び言葉を続けられました。

「さてさて本題に移るといたしましょう。新郎のビゴー君と私との出会いは、明治十八年にまで遡ります。彼は来日してから二年間、陸軍士官学校の画学の教師を務めておりました。そもそも彼の来日の目的は日本の絵画、とりわけ浮世絵を学ぶことにありましたが、まずは生活の基盤を固める手立てとして、日本の若者に西洋画の技法を教えておったのです。ちょうどその頃、私は主宰する仏学塾のフランス語の教師を探しておりまして、数名の候補の中から、一番若いビゴー君を選んだという訳であります。当時、ビゴー君が下宿をしていたのが新婦のマスさんの御実家である佐野家の離れでありましたから、私はその頃からマスさんともすっかり顔見知りでありました。ですからこうしてお二人がご夫婦になられると伺った時には、まるで自分のことのように一人で祝杯をあげさせていただきました。

「これから十年分の思い出話が始まるぞ！」

あの人は私の耳元で小声で呟くと、悪戯っぽく片目を瞑《つむ》ってみせました。兆民先生のお話を伺いながら、あの人も私も時折頷きながら、二人の間に流れていった十年余りの歳月に思いを馳せておりました。

＊

それから間もなく、日本の海軍と清国軍が朝鮮半島の豊島沖で衝突し、ついに戦争が始まってしまいました。

清国からの大豆の輸入が途絶えて、豆腐や納豆が値上がりし、兵隊さんのために調達された梅干や漬物、牛肉の缶詰といったものまでが暴騰するなど、戦争の影が私たちの日々の生活にも忍び寄ってまいりました。

在日の清国人が日本人に襲われて外国商館に逃げ込むといった事件や、戦争の絵草紙が飛ぶように売れているといったことなどが、日々、新聞でも報じられておりました。

折しも、あの人のもとに英国の『ザ・グラフィック』という雑誌社からの依頼がまいりまして、特派員として清国に渡ることとなりました。あの人の話によりますと、もう一人、フリップという英国の方も同行するとのことですが、現地ではそのお方が中国軍付きで、あの人は日本軍付きで、それぞれが戦地からの報告をするとのことでした。

「何も心配はいらぬ。弾丸の飛び交うような危険な場所には決して行かぬつもりだ。日本の兵隊さんの、その一番後ろから様子を窺いながら、そろりそろりと付いていくつもりだから。」

あの人はそう言って悪戯っぽく笑っておりましたが、私としましては新婚早々からまだ喪服は着とうございませんでしたから、急に思い立って、神楽坂の毘沙門さまに行って、お守りを頂いてまいりました。そしてあの人の愛用の布製の肩掛鞄の底にそれをしっかりと縫い付けておきました。そのことは特にあの人に知らせてはおりませんが、無事に日本に戻られた折には、必ず二人で毘沙門さまにお礼に伺いますと固く約束をしてまいりました。

あの人はまず東海道本線で新橋から神戸まで行き、そこから開通したばかりの山陽鉄道で広島に向かう手筈となっておりました。神戸までがおよそ二十時間ほどで、そこから半日余りを汽車に揺られてようやく到着したということを、呉の消印のある葉書で知らせてくれました。宇品港から船が出るまでの数日間、あの人は広島市内や厳島などの観光を楽しまれた様子で、葉書には有名な厳島神社の赤い鳥居が、あの人自身の手で描かれておりました。

葉書の最後には、『十一月には日本に戻る予定なので、その時には、マスも広島まで出掛けて来ませんか？　最近日本でも流行の新婚旅行とやらを、我らも始めてみようという訳です。』と結ばれておりました。

あの人が宇品の港を朝鮮に向けて出港したのは八月の下旬のことでした。その直後の九月に広島城内に大本営が移され、天皇陛下も広島に移られたということを父が教えてくれました。参謀総長として有栖川宮殿下も広島に下られたとのことでした。

あの人は釜山に到着するとすぐに次のような葉書を送ってくれました。

『汽車の移動に比べ、船は遥かに快適でした。瀬戸内海はもちろん、日本海に出てからも不思議と波はとても静かで、これから戦場に向かうことなど、すっかり忘れてしまうほどに、穏やかな気分でした。釜山の港は次々と上陸してくる日本兵で溢れ返り、どうにも慌ただしくて落ち着きません。朝鮮に着いたその時から、私は三ヶ月後の帰国が待ち遠しくてたまりません。広島で、マスに会えることを何よりの楽しみにしています。』

あの人はそれからおよそ二ヶ月半の間、釜山から仁川、平壌、さらには国境を越えて清国へと渡り、九連城《くれん》、花園口《かえんこう》、金州と進み、その間に合計三通の葉書を送ってまいりました。

『日本と比べると、朝鮮の人々の暮らしぶりは、とても質素に映ります。日本でも東京を離れて田舎に行けば、同様の風景を見ることはできますが、朝鮮では、どこに行っても日本の田舎のような風景が延々と続いているような、そんな具合なのです。』

『今日は中国軍の捕虜たちの一行と遭遇しました。人数にして二百人ほどいたでしょうか。彼らは一様に〈辮髪《べんぱつ》〉という清国特有の髪型をしているので、一目で日本人との違いが明白です。栄養状態も決して良いわけではなく、頬がこけていて、兆民先生が仰っていた文明国となった日本との差異を改めて感じました。』

ちょうどこの二通目の葉書を受け取った頃、私は自身の体の変調に気づき始めていました。日々込み上げてくる憂鬱な気分の奥底で、小さな生命がゆっくりと、確かにその胎動を始めていることに、私はこの上ない幸福感に浸っていたのです。

『間もなく釜山の港を発ちます。この手紙が、マスの手元に届くのと、私が広島に到着するのとでは、どちらが先でしょうか？　何れにしても、この手紙を受け取ったら、すぐに広島へと向かってください。半月ほどは日本に滞在できますが、すぐにまた清国に向かうことになるでしょう。広島でマスに会えることを、何よりの楽しみにしています。市内にある大和屋という宿屋を手配してあります。しばらくそこに逗留する手筈となっています。』

私は自分の体調のことを考えまして、広島までは全行程を船で参ることといたしました。まだお腹はそれと判るほどには目立っておりませんでしたが、母に言われるままに、幾重にも晒《さらし》でお腹を捲いて固定しておりましたので、誰がみても身重であることが判るようになりました。お陰で行く先々で、周りの人々から随分と親切にしていただきました。

先に宿に到着しておりましたあの人は、私の姿を見るなり、急いで駆け寄って来ましたが、大きくはり出したお腹を見た瞬間、一瞬立ち止まって、私の顔をまじまじと覗き込んだのです。私が小さく頷くと、あの人はお国の言葉で二度、三度何か言葉を発すると、私を躊躇いがちにそっと抱きしめてくれました。何ヶ月ぶりかにあの人の匂いに包まれて、それまでの寂しさも、長旅の疲れも、一瞬にして何処かに消え去ってしまいました。婚礼を挙げた直後に、あの人は慌ただしく旅立っていってしまいましたので、今、改めてあの人の妻となった喜びと、そして母となる大きな幸せとに浸ることができたのです。

＊

数日後、隣の宿屋にご宿泊されているというお方が、突然あの人を訪ねてまいりました。少々小太りで口髭を蓄えておりましたので、実際よりも少し年配に見えたのかもしれません。後であの人に伺いましたところ、あの人よりも五、六歳は年下であるとのことでした。

「この御仁は、黒田清輝さまと申して、日本の高名な絵描きさんです。私が浮世絵を学ぶために日本に来たように、黒田さんはフランスに西洋画を学ぶために留学していたのです。今度、私と同じように、清国に雑誌の取材に向かうということになったそうです。」

「黒田と申します。ビゴーさんが随分とお若い奥方を貰われたというお噂はかねがね伺っておりましたが、これはまたとても可愛らしい奥様ですこと。それに早くもおめでたとは何とも喜ばしい限りではございませんか！」

一見気難しそうな風貌ではありましたが、気さくな話しぶりに、私はとても好感を持ちました。

その夜、黒田さまの送別のための宴を私どもの宿屋で催すこととなりました。はじめお二人の話題はもっぱらフランスのことばかりで、絵画やら食べ物やら音楽やら、そんなとりとめのない話題が、新しい徳利が運ばれてくる度に次々と出てまいりました。私はというと、時折相槌をうったり、頃合いを見計らって酌をする程度で、お二人の会話に加わることはできませんでした。

そのうちに話題が日本の絵画の方に向いてまいりまして、あの人は、日本の浮世絵がどれほど素晴らしいものであるかを、得々と語り始めたのです。最初のうちはそれを黙って聞いておりました黒田さまが、突然口を開きました。

「でも、浮世絵の時代は、徳川の時代と共に終わりを告げたのです。浮世絵がもう過去のものになってしまったということを、ビゴーさん、あなた自身が一番良く判っていらっしゃるでしょう。時代は刻々と変わっているのです。あなたが日本の移り変わりを、浮世絵ではなく銅版画という手法で活写しているのも、もはや浮世絵では日本の変化の速度に間に合わなくなっているからなのではないでしょうか？　まず絵師がいて、彫師がいて、そして摺師《すり》がいるといった分業体制は、今日の日本には成り立たなくなっているのです。あなたは日本で沢山のポンチ画を描かれておられますが、これからもずっとポンチ画を描いていかれるおつもりなのですか？」

「私は生活のためだけに、ポンチ画を描いているのではありません。ポンチ画はあらゆるデッサンの習作となっているのです。特に気に入ったものは、油絵の具で仕上げているのです。確かに浮世絵版画は私一人では仕上げられないことは十分承知しております。

今では腕のいい彫師や摺師もほとんどいなくなってしまいました。今の日本では、やはり浮世絵を作り出すことはとても困難な世の中となりました。それでも尚、私は日本の風土が生み出した浮世絵に強く魅かれるのです。」

「私は十八歳でフランスに渡り、およそ十年の間、フランスで暮らしておりました。本来の目的は法律を学ぶためのものでしたが、あちらの日本人会で知り合った方々から画学修行を強く勧められ、しばらくは二足の草鞋を履いておりました。その二年後に法律と訣別する決心を固め、それからおよそ五年間、油彩画の修行をしてまいりました。」

黒田さまはそこで一旦言葉を止め、盃のお酒を飲み干し、再び語り出しました。

「私がパリで師事したのはラファエル・コランという方ですが、ビゴーさんはご存知でしょうか？」

「もちろん知ってますとも！　私が学んだエコール・デ・ボザールという美術学校の先輩で、特に面識がある訳ではありませんが、サロンで彼の描いた絵画は何度も拝見いたしました。」

あの人はちょっと膝を乗り出すようにして答えました。

「ビゴーさん、あなたもご存知のように、当時、パリではジャポニスムが大流行していました。絵画だけではなく、調度品やランプ、食器、そして宝飾類にいたるまで、ありとあらゆる所で〈日本風〉が持て囃されていたのです。なぜお前は、北斎や歌麿といった偉大なアーティストを生んだ日本から、わざわざフランスにやって来たのかと、友人の画家たちに問い糺されたこともあります。」

「それはそうでしょう。およそフランス人で日本に興味を持っていない人はいないというくらいに、人々は〈日本〉という熱病に罹っていましたし、いまだその熱病から冷めやらぬ人間が、現にここにおるのですから。」

あの人は熱い口調で答えました。

「その対極にいたのが私だったのです。〈印象派〉とよばれる画家たちは、一様に〈ジャポニスム〉の洗礼を受けていましたが、それを見事に消化し、新しい潮流を生み出して行ったのです。私が目指しているのは、日本画に印象派の技法を取り入れて、新しい画風を生み出すことなのです。ビゴーさん、あなたも、あなた自身のお生まれになった国の技法で、この日本の風土をお描きになられたらいいのではないでしょうか？」

端から見ていても、あの人の気持ちが高揚している様子が、はっきりと見てとることができました。

「黒田さん、どうでしょう、あなたが無事に帰国されましたら、志を同じくする仲間を募って、一緒にフランスの、サロンのような会を拵《こしら》えませんか?」

その時、黒田さまがちょっと戸惑われたような表情をされたことを、私は見逃しませんでした。

「解りました。帰国しましたらまた改めてご相談をいたしましょう。」

やや間を置いてから、黒田さまはそうお答えになられました。

間もなく黒田さまに従軍のための許可がおりまして、その翌日、昼食をとりながらの送別会を催すこととなりました。その席でも、あの人は熱心にサロンの設立について語っておりましたが、黒田さまはやはり余り気乗りしないといった様子で、時々頷きながら、黙ってあの人の言葉を聞いておりました。

黒田さまが宇品港を発ちましてから、数日後、あの人も再び清国へと向けて出立いたしました。二週間ほどで帰国の予定でしたが、私一人が広島に滞在することは心細く、結局、一足先に東京の自宅に戻ることといたしました。

＊

この頃、私たちは築地の入船町に小さな一軒家を借りて住んでおりました。この築地という場所は、徳川様の時代から明治に移った頃、多くの大名屋敷を撤去して外国人の居留地として定められておりました。またこの入船町界隈には多くの清国人も居住し、日用品などを商う商店街も形成されておりましたので、生活する上ではとても便利な所でした。

私たちの新居は、あの人の好みで全て純日本風の作りとなっておりました。囲炉裏のある畳の部屋、土間には竈《かまど》に甑《こしき》、部屋と部屋を隔てる襖には、あの人自身の筆による水墨画が描かれておりました。壁には古い琵琶が掛けられていて、何枚かの浮世絵も飾られておりました。

あの人の交友関係については、私は余り存じ上げませんが、留守にしていることが多いために、自宅を訪ねて来られる方はほとんどいらっしゃいませんでした。

あの人が戻られる前に、それと私の出産が近づく前に、家の掃除でもと思い立ちまして、実家から応援に駈けつけてくれた母と二人で少々念入りに掃除を始めました。半日掛けて粗方片付き、母とお茶を飲み、寛いでおりました時、玄関口の方から何やら声が聞こえてまいりました。

「ごめんください！」

母と耳をそばだてておりますと、一段と大きな声で、野太い男の声がはっきりと聞こえてまいりました。

「ごめんくださいませ！」

私が玄関の戸口から外に向かって返事を致しますと、向こう側から再び声が聞こえてまいりました。

「あっしはブラックと申す英国人でございます。ビゴーさんはご在宅でしょうか？」

多少の訛りは感じられましたが、それはとてもとても流暢な日本語でした。当然あの方のお知り合いの方であると思われましたので、何の警戒心もなく、私は玄関戸を開けました。目の前に立っていたのは恰幅《かっぷく》のいい外国の方でしたが、紺絣《かすり》のお着物をとても見事に着こなしていらっしゃいました。

「ビゴーさんの奥様でいらっしゃいますでしょうか？　お初にお目にかかりやす。私はブラックと申します。ご覧の通り、見てくれは外国人でございますが、噺家《はなし》をやっておりやす。」

　あの人も日本にまいりましてから十年以上の歳月を数えておりますから、日本語を話す外国の方の中でも、上等の部類に属すると思われます。しかしながら、このブラックと申す御仁は、多少の訛りはありこそすれ、それはどちらかというと少し時代がかった江戸弁に近い発音でありまして、目を閉じてしまえば、外国の方とは気づかないほどに流暢な日本語を操っておりました。

「あっしは残念ながらビゴーさんとは面識はございませんが、ビゴーさんのご高名は前々から存じておりやす。前々から是非とも私めの高座をビゴーさんにご覧いただきたいと考えておりやして、本日、こうして参上仕った次第でありやす。実はあっしも奥様と同じくらいの歳回りの妻がおりまして、正確にはあっしが婿養子に入ったのでござりやすが、石井の姓を名乗っている、れっきとした日本人でありやす。結婚してから、あっしも築地の入船町に住んでおりやす。」

「わざわざお越し頂いたのに誠に申し訳ありませんが、主人は取材で清国の方に出掛けております。あと一週間ほどで戻る予定なのですが、まだはっきりとした日時の連絡は受けておりません。今日、あなた様がお越しになられたこと、ご案内いただきました高座の件は確かに承りました。」

ブラックさんは残念そうに小さなため息をつくと、小脇に抱えていた風呂敷から一枚のチラシのようなものを取り出しました。

「これが高座の日時と演目でございやす。ビゴーさんの帰国が遅れてお越しいただけなかった時は、私がまたこちらを訪ねてまいりやしょう。」

ブラックさんはそう言って私にその紙を手渡すと、「では、失礼をばいたしやす。」と言いながら、丁寧に深々とお辞儀をして、立ち去ってゆきました。

それからちょうど一週間が過ぎた頃、「今日釜山を発ちます」というあの人からの葉書を受け取りましたが、その翌日にはあの人は何食わぬ顔で、ひょっこりと玄関の前に立っておりました。あの人の出した葉書を載せた船にあの人自身も乗り込んでいたということでしょうか。

留守中にブラックさんの来訪があったことを伝えると、「その人なら、私も知っている。巷では大層評判という話だが、是非一度自分の目で確かめてみたいと思っていたところです。」と少々興奮気味に答えました。

数日後、あの人は私の体を案じて、一人で寄席に行くとおっしゃいましたが、私は是非とも二人で神楽坂の毘沙門さまにお礼参りをしたいと申し上げました。するとあの人はわざわざ人力車を呼んでくれまして、まずは毘沙門さままでお参りを済ませてから、浅草へと向かったのです。

まずは腹拵えをしようということになりまして、ひさご通りにあります《米久》という牛鍋屋さんの暖簾をくぐりました。

店先で下足札を渡され、私たちは奥座敷の方へと案内されました。日本庭園に面した縁側に近い席に座ると、あの人は慣れた様子でさっそく注文をしました。あの人の流暢な日本語に、周りのお客さんたちの、物珍しそうな視線が私たちに注がれているのをはっきりと感じました。

あの人はそんなことにはお構いなしに、程なく運ばれてきた浅めの鉄鍋の上に、慣れた手つきで食材を並べはじめました。

「こんな風に牛肉を日本料理にしてしまう日本人の才能は本当に素晴らしい！」

あの人はわざわざ大きな声で、誰にともなく語りかけたのです。

「失礼ですが、あなた様はどちらのお国の方でしょうか？」

すぐ隣の席にいた二人組の若い方の男性が、あの人に話しかけてきました。

「私はフランスからまいりました。」

「それにしてもあんたの日本語はてぇしたもんだ！」

今度は連れの初老の男性が言いました。

「私は日本に来て、間もなく十二年になります。それに奥さんが日本人なのです。」

私は気恥ずかしくて、何とも居たたまれないような心持ちで、ずっと下をうつむいておりました。

「それにしても、牛肉を味噌や砂糖で味付けするという発想は、おそらくは西洋人には決して考えつかないでしょう。今のこのご時世では、日本人は何でもかんでも、ただ西洋の物真似ばかりして、文明開化と申しておりますが、この牛鍋のように、日本に合ったものに作り変えさえすれば、とても素晴らしいものになるのです。」

「あんた気に入った！　一献差し上げましょう！」

初老の男性が徳利を片手に私どものテーブルの方に移動してまいりました。するとあの人は嬉しそうに猪口を受け取ったのです。何か一人取り残されてしまった感の私も覚悟を決め、グツグツと音を立てはじめた鍋を一人でつつきはじめました。

お店のお客様たちはなかなかあの人を解放してはくれませんでしたので、結局、私がなかば強引に外へと連れ出したのでした。

ブラックさんのご出演なさる《並木亭》は、雷門近くにある寄席でございました。

木戸口の上には、その日にご出演なさる方々の名前が大きく張り出されておりました。

「ほら、マス。あそこをご覧。」

あの人がそう言って指さす先には、〈英國人ブラック〉という文字が、一番大きな〈三遊亭圓朝〉の隣に大きく貼り出されておりました。

二人分の木戸銭を払って入り口の扉を開けると、中は七、八分の入りといったところでした。その当時大流行していた浪曲や浪花節、そしていくつかの小咄と続き、西洋楽器を弾きながらの漫談が終わると、いよいよブラックさんの登場となりました。

舞台下手の木戸が開き、着物の上に紋付きの羽織を着たブラックさんが、落ち着き払った様子で座布団の上に座り、大きく咳払いをいたしました。容姿はまるっきりの西洋人なのですが、その立ち居振る舞いは見事なまでに日本人でした。

ブラックさんは落ち着き払った所作で、羽織の紐を解き、ゆっくりとお話を始められたのです。

「まずはあっしのことをご存じない方々のために…。」

「おいらは良く知ってるぞ！」常連と思われる方の声が笑いを誘いました。

「はぁ、毎度毎度のお越し、ありがとうでやんす。でも万が一、あっしのことを知らない方がいらっしゃいましたら、多少なりともお話ししておいた方がよろしかろうと存じますので、多少のお時間をいただきとうございやす。さてさて、私は英国で生まれやして、八歳の時に日本にやってめぇりやした。あっしの父親は横浜で新聞などを作っておりやして、皆様ご存じでしょうか？『日新真事誌』という新聞でございます。父はそこそこ名前は知られておるようですが、それなりの、まああの暮らしをしておりやした。ところが、何をどう間違えたのか、出来損ないの息子はこうして噺家となっておるのでございます。」

それからしばらくの間、客席の方々はブラック様のお話を静かに聞いておりましたが、先ほどの常連さんが再び声を掛けられました。

「長い長い！　途中は端折って、奥さんとの結婚話まですっ飛ばしてくれや！」

「わかりやした。では家内の話をいたしやしょう。あっしの家内は石井アカと申す日本人でありやす。二年ほど前に結婚いたしやしたが、その時にアカは十六、あっしは三十四でござりやした。」

「うちのカカアはもう五十だ！　羨ましいぞ！」

寄席はどっと笑いに包まれ、私たちは思わず見つめ合ってしまいました。

「さてさて、あっしの話はこれくらいにして、本日は滑稽話を一席伺いやしょう…。」

何せ、外国生まれのアッシ、とても十分なことを伺う力もございやせん。

話、講釈だと思うと、大層腹が立ってしまいやす。

寝言だと思って諦めていただくだけです。

さて、私が初めに日本にまいりました時と今日とでは大変な違いです。

その時にはまだ外国人が、あなた方に大層憎まれていて、ちょいと表に出ますにも、西洋人は命懸けだ。

大小を差したお侍さんが見えますと、まず西洋人を見て、たちまち刀に手をつけて石光を光らせたものです。

唐人はそれを見て、あ〜あ、あのまぐろ包丁を振り回されたんでは命の別れだ。

上着の下から冷や汗がタラタラ、金玉が上がったり下がったり。

用心のために持っておりやす懐中鉄砲を出して、「さあお前の方には切り道具があっても、こっちの方には飛び道具だ」まるでにらめっこしながら通り過ぎる有様だ。

それと代わって今日では、英国と日本が同盟にあいなって、まず外国と対等の条約を結んで外人が地方にまいりやしても、大して珍しくもない。

今日では何でも西洋ばやりだ。

足が痛くても、どうしても靴の方が便利。

鼻に入っても、目に滲みながらも、しかし煙草は巻き煙草の方が具合がいい。

万事がこういう国とあいなりやした。

実にどうも世界も変わりやした…。


寄席を後にして、私たちは仲見世通りに面した茶屋に席をとりました。

あの人はしばらく黙り込んでおりました。ブラックさんのお話について何か尋ねられると思いましたので、私なりの感想を用意しておりました。ところがあの人はあえて落語の話題を避けるかのように、ポツリポツリと話しはじめました。

「あの人は、この先も落語を続けていかれるおつもりなのだろうか…。」

私が怪訝そうな顔を向けますと、あの人はさらに話を続けました。

「あの人は、心底日本の落語を愛しているようには、見えないのです。確かに、日本語は達者だが、それはあくまでも外国人としてであり、あの人の話芸が人々を引きつけているのではなく、ただ物珍しさで笑いをとっているだけではないか…。」

私は頷くでもなく、ただあの人の話に耳を傾けておりました。

「ブラックさんに限らず、最近の寄席は随分と変わってしまったような気がする。上手くは説明できないが、古典落語の世界には、喜怒哀楽といったものが絶妙に織りこまれていて、聞く者の心に強く訴えかけるものが沢山あったのだ。」

確かにそれは私自身も何となく感じておったことでした。

「最近では、〈ステテコ踊り〉や〈ヘラヘラ〉とか、〈ラッパ〉などといった珍芸が流行っているが、確かにその瞬間瞬間は大きな笑い声が起こるが、後になって思い返そうとしても、そこには何も残ってはいない。何度も見せられれば、お客さんも飽きてしまう。そんな流行の珍芸と、ブラックさんの落語が妙に重なって見えるのだ。」

「マス、お前はこの浅草の風景を見て、何か感じるか？」

あの人は唐突に尋ねてきました。

「この浅草でございますか？」

「そう。この浅草の様子を見て、何か感じるところはあるか？」

「大層賑わっていて、活気がありますが、私にはちょっと落ち着かないような雰囲気を感じます。」

「ここは政府によって、公園の指定をされてからは、十二階の凌雲閣が建てられたり、巨大なパノラマ館が建てられたりと、風景そのものが大きく変貌している。道行く人々も、いつも何かに急き立てられているように早足で、人力車や馬車も、ひっきりなしに行ったり来たりしている。そんなに急ぐ必要はないのに、まるで今の日本を見ているような、そんな感じを受けるのだ。」

「あなたの仰りたいことは良くわかりますが、でもそれはこのお国が近代化を推し進めるためには致し方のないことではないでしょうか？　まごまごしていたら、清国のようになってしまいます。」

「清国だって？　マスは覚えていないのか？　兆民先生が私たちの結婚式の時に言った言葉を！」

「はっきりとは思い出せませんが、何となく…。」

「今次の戦争の目的は、朝鮮を清国から独立させることと同時に、日本が清国や朝鮮とは違う文明国であるということを、欧米の国々にはっきりと証明するためのものなのだ。捕虜となった清国の人々は、日本兵にまるで犬のように扱われていた。特にわれわれのような西洋人が見ていると、あからさまにその扱いは更にひどくなるのだ。普段は善良で優しい日本人が、全く豹変してしまうのだ。」

「あなたはいつもそうやって日本人や日本の国ばかりを批判されていますが、徳川の時代に、都合のいいように交易や裁判の方法などを押しつけておいて、なかなかその条件を改めてくれなかったのは、あなた方のお国だったのではないでしょうか？　だから日本は一日も早く欧米の国々に追いつこう、追いつこうと努力を続けてまいったのです。」

私が今こうして少し興奮気味に語った内容は、常日頃、あの人が話していたことと同じでした。

「マス、お前も知っての通り、先頃条約が改正されて、間もなく日本にいる外国人の特権が全て廃止されることとなるだろう。そうなれば、私は今までのように日本の政治家たちを風刺したりすることはできなくなる。鳥羽《とば》絵の様な絵画のスタイルも変えなくてはならないだろう。しかしながら、これでようやく本当の意味で、私が憧れ続けた日本の絵画を本格的に描かなくてはならないという覚悟ができたのだ。」

それからあの人は黒田さまの帰国を待って、一緒に新しい日本画を模索していきたいということを、切々と語り続けたのでした。

＊

その数日後、ブラックさんがひょっこりと訪ねていらっしゃいました。ちょうどあの人も新しい作品に取り組みはじめたばかりでしたので、珍しく家におりました。本格的な油絵に向き合っていると見えて、ブラックさんの来訪を告げると、ちょっと不機嫌そうな返事が返ってまいりました。

「先日はわざわざお運びいただき、ありがとうでやんした。ビゴーさんからご覧になりやして、あっしめの落語はいかがだったでやんすか？　率直なご意見をお伺いしたくて、こうしてまいった次第でやんす。」

あの人はゆっくりとお茶をすすって、それをお盆に戻してから話をはじめました。

「実は、私はあなた様のお父上が発行されていた日本語の新聞を読ませていただいたことがあります。残念ながら私が来日した時には既にお亡くなりになっておりましたので、面識はありません。お父上の日本の政治や文化に対する見識は、私が絵を描く時の気持ちと相通じるものがありまして、ある種の憧れのようなものを、常々感じておったのです。そのご子息とこうしてお話をする機会を持てるということも、何か不思議な巡り合わせを感じます。」

「あっしめの父親は、明治五年に日本語の新聞を創刊し、いわゆる議会に開設を求める建白書を掲載するなど、常に政府批判の先鋒に立っておったようです。ところが日本政府は新聞社の経営を放棄するという条件を示して政府に雇い入れ、その直後に法令を発して外国人の新聞経営を禁止し、さらに父を解雇したのです。結局、新聞はその年に廃刊となりやした。」

「そうでしたか…。その辺りの詳しい事情は存じあげておりませんでした。その後、お父上は？」

「再び日本や上海でも新聞を創刊いたしやしたが、うまくいかず、明治十三年に横浜で亡くなりやした。」

しばし沈黙の時が流れました。

「さてブラックさん、あなた様の目指されている落語はどのようなものなのでしょうか？

まずはそれからお伺いしたいと思いますが…。」

「あっしですか？　あっしは今の日本の落語を変えたいと思っとります。どんな風に変えたらいいか、まだその方向を模索中でありんすが、ともかく今のままでは日本の落語は廃れてしまうと考えておりやす。」

「なぜ廃れると考えなのでしょうか？」

「それは落語の題材にあります。いつまでも江戸の時代が舞台で、主人公は貧相な長屋暮らし、それにいつでも借金取りに追われているようなものばかりでありやす。今の時代、悠長に蕎麦なんぞすすっている落語を見るほど、人々は呑気ではありません。」

あの人は大きな溜め息をひとつついてから、ゆっくりとお茶をすすりました。私にはあの人のため息の意味が何となくわかったような気がいたします。

「そうですか、判りました…。それならば、あなたは思い切って落語の世界を飛び出された方がよろしいのではないでしょうか…。あなたは日本の落語という範疇に止まらない活動をしてなさるが、ならば舞台は寄席である必要はありません。」

しばしの沈黙がありました。ブラック様は自分が褒められているのか、批判されているのか、量りかねておいでなのだと思います。

「あなたの仰ることはごもっともでございやす。あっしは三遊派に入門いたしやしたが、いわゆる日本の古典落語では到底同門の兄弟子たちには太刀打ちできやせん。そいであっしが考えましたのは、あっしの生まれたイギリスやフランスといった日本では余り馴染みのない小咄をこちらに持ってきやして、あっしが日本語でお話しするといったものでございやす。」

「それは私も存じております。ならば、あなたはその道を極められたらいかがでしょうか？　あなたは近頃は、奇術や催眠術といったような、落語以外の興業をなされておりますが、あなたは本当に落語を、理解し、心底お好きでおいでてでしょうか？」

「実のところ、あっしにもその辺りが分かっておりやせん。あっしの日本語を褒めてくださる方々は大勢いらっしゃいますが、それはあっしが英国人であるからで、噺家としてどうかではありやせん。つまりは、噺家としての自分に全く自信がないのでございやす。こん先、どうやって生計を立てていくのがいいのか、不安ばかりが先に立っておるのでございやす。」

「あなたのそのお気持ちは、私にもよく判ります。私も商売のためにポンチ画を描き続け、日本政府を批判してまいりましたが、このご時世では、そろそろ商売替えも考えなくてはなりません。元々、日本の絵画に魅せられてこの国にやって来た訳でありますから、もう一度初心に帰って、日本の美しい風景や人々といったものと真剣に向き合ってみようと考えているところです。」

「ビゴーさん、あっしは今日、あなたにお目に掛かって本当に良かったと思いやす。芸の道こそ違いやすが、道を究めたいという志は同じであると確信いたしやした。あっしは落語家としての〈快楽亭ブラック〉を高めてまいりやすので、ビゴーさん、是非ともあなた様の目指す絵画を究めてくだされ。」

そう言って、ブラックさんはあの人の手をしっかりと握りしめておりました。

あの人のポンチ画のお陰で、私どもの暮らしはまずまずでございましたが、これから先、あの人の描かれる絵が売れるという保障は全くありません。それでもあの人が夢を語り、その夢に向かって本格的に歩みだそうとするその姿は、私にとっても、何よりも嬉しいことでございます。私は自分のお腹をさすりながら、そんなお二人の姿をじっと見つめておりました。

二　明治二十八年（一八九五年）

年が明けた一月十五日、有栖川宮熾仁《たるひと》殿下がお亡くなりになりました。殿下は広島の大本営で参謀総長を務めていらっしゃいましたが、昨年の九月に体調を崩されてからは須磨の浦でご静養されていたとのことでした。

殿下といえば、私のような者でも、皇女和宮様との悲恋物語や、新政府の総裁、戊辰戦争における東征軍の総大将として活躍されたことは承知しておりました。

「あのお方は、西南戦争の際にも征討総督として九州に下られ、そこで両軍ともに多数の死傷者が出ていることを目の当たりにし、佐野常民らにより出されたヨーロッパの赤十字のような救護団体設立の申請を直ちに許可されたのだ。これが日本赤十字社となっているのだよ。」

そんな殿下を、あの人はとても尊敬し、「日本人の鏡」とまで仰っていたのです。

殿下のご葬儀は一月三十日に国葬として執り行われました。霞ヶ関のお屋敷から護国寺に至る道々には近衛兵をはじめとしまして、沢山の歩兵隊などが整列いたしておりました。

その日は朝から晴れておりましたが、殿下の出棺の頃になりますと次第に雲が出てまいりました。

私とあの人は九段の靖國神社のあたりで御一行の通り過ぎるのを見ておりましたが、辺りからはすすり泣きも聞こえてまいりました。

「有栖川宮さまは、日本陸軍の軍人らしく、強く、逞しい方だったが、その一方で、人一倍花を愛する心根の優しい方であったと伺っている。」

あの人はどこか遠い目で、通り過ぎる棺を追いながら、突然、呟くように歌い始めた。

宮さん宮さん　お馬の前に
ヒラヒラするのは何じゃいな
トコトンヤレ、トンヤレナ

その歌は、戊辰戦争の折に作られたもので、「宮さん」は当時官軍の総裁であった有栖川宮さまのことを歌ったものでした。

あの人の歌声に連れられて、周りにいた人たちまでが歌い出したのです。

あれは朝敵　征伐せよとの
錦の御旗じゃ　知らないか
トコトンヤレ、トンヤレナ

明るく勇壮な曲調ではありましたが、なぜか涙が止まりませんでした。あの人も、そして一緒に歌っている方々も、皆一様に、頬を濡らしておりました。

＊

この年の四月、京都の岡崎で内国勧業博覧会が開催されました。

そしてそこに出品された黒田さまの裸体画が、巷では大きな話題となったのです。

ある雑誌は「裸美人の醜」と題し、黒田さまの描かれた絵を激しく攻撃しておりました。

『博覧会の裸美人はその長け五、六尺の大画像を正面に、陰部露出して敢えて一糸掩《おお》わず』

『かかる大それた物を、場所もあろうに博覧会に持ち出すとはいかなる事ぞ』

終始一貫、そんな厳しい調子でありました。

その一方で、博覧会の審査総長の見解が新聞で次のように紹介されていました。

『日本在来の裸体仏像その他北斎、歌麿、春信などの画にありても、往々今回出陳の裸体人形に勝る異体の形像にして公行するもの、ほとんど枚挙に暇あらず』

あの人はその記事の内容が大層気に入ったようで、何度も何度も読み返しておりました。

「マスは見たことがないかもしれないが、西洋に渡った日本の浮世絵の中には、もっともっと露骨に女性の裸を描いたものは沢山ありました。江戸の日本人は、性に対してもっともっと大らかであった筈です。」

あの人はそんなことを言いながら、黒田さまの立場を擁護しておりました。

最近、あの人は新しい絵画会のために、それはもう寝る間も惜しんで絵の制作に取り組んでおりました。両手はいつも油絵の具で染まっており、着衣の汚れは日を追うごとに全体に広がっていきました。ただそうやってあの人が真剣に絵と向き合っている姿は、私にはただ嬉しく、また誇らしくもあったのです。

新聞で黒田さまの話題が取り上げられると、あの人は何度も何度もそれを読み返し、少しでも批判的な記事が載ると、まるで自分のことのように憤っておいででした。

折しも清国との間に講和条約が結ばれ、八ヶ月に及んだ戦争はようやく終わりを告げることとなりました。

私の方も臨月となり、家の中での移動も一苦労といったような状況となってまいりました。余り直前ではない方が良いだろうということで、私は実家の方に移ることといたしました。あらかた出産の準備の方も済ませ、翌日人力車が迎えにまいるという手筈も整いました。あの人にも一緒に私の実家に来るように誘ったのですが、絵を描いていたいという理由で、築地の家に残ることとなったのです。

その日の午後、大分夕闇が迫ってきた時分に、ひょっこりと黒田さまが訪ねてまいったのです。あの人はすっかり上機嫌で出迎え、私がお茶の準備をしている間に、さっさと自分の部屋に黒田さまをお連れして、自身の描きかけの絵をご覧いただいている様子でありました。

私がお茶をお持ちいたしますと、あの人は右手でお酒を飲む素振りをしてみせて、酒の用意をするようにと目配せをしてまいりました。私は小さく頷き、再び酒の燗をして戻ってまいりますと、お二人は向かい合って何やら熱心に話しておいででした。どうやら先の展覧会に出品された裸体画のことで、それに異議を唱えた方々への批判を繰り返している様子でした。

「奥様は今回の問題についてどう思われたでしょうか？　ご婦人としての意見を伺いたいと存じますが…。」

唐突に黒田さまから意見を求められたのです。

「そう言われましても、私はまだ黒田さまが描かれた絵を拝見させて頂いておりませんし…。」

私がそう答えますと、黒田さまは一枚の写真を取り出し、それを私の前へと差し出したのです。私はそれを見た瞬間、思わずはっと息をのんでしまいました。言葉では上手く説明できないのですが、鏡に向かっている全裸の西洋婦人の後ろ姿と、鏡の中に浮かび上がっている婦人の全身像が、何とも艶めかしく、女の私から見ても、とても美しく描かれておりました。その一方で、体全体が芯から火照ってくるような、そんな気恥ずかしさも確かに感じておりました。

「このような絵画の手法は、今日のフランスでも大変流行しているのです。」

あの人は、まるで自分の作品を解説するかのように、誇らしげに言葉をつけ加えたのです。

「それはそうと、例の絵画会の計画は進んでおりますか？」

あの人は待ちきれないといった様子で話を切り出したのです。

「現在、私は天真道場という名の画塾を開いております。そこには西洋画を志す若者たちが集まり、今は木炭や鉛筆で素描を学んでおります。そして同時に、東京美術学校に西洋画科を設置すべく、関係各方面に働きかけをおこなっております。」

「それは素晴らしい！」

あの人はまるで子供のように、無邪気に喜んでおりました。

やや間があって、黒田さまが徐に口を開きました。

「ここはやはり、はっきりと申し上げた方がよろしいでしょう…。新しい絵画の会を作ろうという仲間は、山本芳翠先生をはじめとして、久米桂一郎、藤島武二といった面々と、他に数名が加わる予定です。実のところ、そのうちの何名かがビゴーさんが会に参加することを強く反対しておるのです。」

あの人は表情にこそ出しませんでしたが、かなり動揺している様子でありました。黒田さまは言葉を選びながら、話を続けました。

「私はあなたの作風や絵画に対する熱い思いなど、彼らに篤と話して聞かせたのです。されど問題はあなたの絵画ではなく、あなた自身の置かれている立場にあると言うのです。」

「どういう事でしょうか？　私にはあなたの仰ることが良く解りませんが…。」

「単刀直入に申し上げましょう。あなたのこれまでになされてきた仕事は、日本の役人たちに常に監視されているのです。私の知人にも官憲がおるのですが、彼らはあなたが描いてきた日本人や日本の社会の様子、それに政治家を皮肉ったものを、いつも苦々しく思っていると言っていました。」

重苦しい沈黙の中で、あの人と黒田さまの息遣いだけが聞こえてまいります。

「これまでのような風刺画をやめて、私が絵画に専念すれば解決できる問題なのではありませんか？」

「いいえ、そうではありません。彼らは私たちの会にとって、あなた様が参加されること自体が危険であるというのです。」

「黒田さん、あなたの仰ることはもっともな事であると思います。そのことは私自身もずっと考えてきた事でありまして、とりわけ昨年の改正条約が結ばれて以来、私たち外国の者を守ってきた様々な特権があと数年で無くなってしまいます。それまでの間に私自身もこれまでの仕事や生き方を変えなくては、この日本では生活できなくなるでしょう。」

あの人は、やや自嘲気味に呟いていました。

黒田さまとは結局、喧嘩別れのような状態となりまして、その後、黒田さまがわが家を訪ねてまいられることは一度もございませんでした。

＊

それから間もなく、あの人がフェルナン・ガネスコの名で出版した『ショッキング・オ・ジャポン』において、黒田さまの描かれた絵画を徹底的に風刺したのです。二人のやり取りを目の当たりにしている私には、どうにもあの人の嫉妬心から生み出されたもののような気がして、余り心地よいものではございませんでした。ただあの人の言うことには、黒田さまの絵そのものの批判ではなく、裸体画に群がる日本人と、それを厳しく取り締まろうとする官憲を皮肉ったものであるとのことでした。

ただやはりその背景には、新しい絵画会への参加を断られたポンチ画家としての劣等感のようなものと、画家としての名声を得ることができないでいる焦燥感のようなものがあったということは否めません。

＊

五月四日、無事に長男が誕生いたしました。

名前は、あの人がフランス風にガストン・モリスと命名しました。

「何て呼んだらいいの？　ガストン？　それともモリス？」

「お前の呼びやすいように呼べばいい。ガーちゃんでも、モーちゃんとでも。」

「そんな、アヒルや牛じゃああるまいし、私は普通にモリスって呼ぶことといたしましょう。」

当時の日本では、外国人男性と日本人妻との間に生まれた子供の国籍に関しての明確な法規定がありませんでした。役所の説明によりますと、夫が外国籍の場合と、日本に帰化した場合とでは、子供の扱いが異なるとのことでした。

あの人は私と結婚する以前から、父に帰化して日本の国籍を取得する覚悟はあると言っておりましたが、その後、何度も役所に足を運び、帰化に関する問い合わせをしてきた様子でしたが、期待したような返答は得られなかったようです。

ある日、私の父がさる筋から役所のお偉いさんに照会したところ、どうにも内務大臣からの許可が下りないとのことでした。

「どうやらビゴーさんは役人たちから目をつけられていて、政府内でも特別な監視を必要とする外国人に指定されているらしい。」

父がそんなことを言っておりました。

清国との間で締結された講和条約では、日本は随分と有利な条件を獲得したようでしたが、ロシアがドイツやフランスといった国々を誘って、日本が清国から獲得した遼東半島を返還するようにと強く迫ってきたのです。結局、日本政府はその要求に屈することとなり、新聞各紙には「臥薪嘗胆」の文字が躍り、ロシアに対する国民の敵愾《がい》心を掻き立てておりました。

「この先、日本はどうするつもりなのだろうか？　本気でロシアを敵に回して戦うつもりなのだろうか？　イギリスが急速に日本に接近しているようだが、日本人にはその真意が全く見えていないのだ。ロシアがアジアにその勢力を拡大しようとする、その防波堤としての役割を日本に負わせようとしているということを。」

＊

モリスが生まれてからも、あの人は精力的に仕事をこなしておりました。

主な仕事の拠点は千葉県の稲毛海岸にあるアトリエに置き、出版に携わる仕事は横浜のホテルで、そして取材と称して日本各地をスケッチして回っていたのです。月に一、二度はふらっとわが家に帰ってくるという生活でしたが、来る度にそれ相当な生活費を頂き、私は日がな一日、モリスの子育てに追われておりましたので、それほどの淋しさを感じるということはありませんでした。

三　明治二十九年（一八九六年）

六月の中旬、あの人は三陸沖で起こった地震の取材に出掛けて行きました。地震そのものによる直接的な被害は少なかったとのことでしたが、高さ三十メートルを超すほどの津波が押し寄せ、沿岸部に甚大な被害をもたらしました。この津波により二万人余りが亡くなり、一万数千軒の家屋が倒壊し、そしていくつもの村や町が跡形もなく押し流されてしまったとのことでした。

稲毛のアトリエを訪れると、描きかけの水彩画が立てかけられてありました。

「これは岩手県の大船渡の入り江の村を描いたものなのだけれど、綾里村というところでは津波が三十八メートルも押し寄せたとのことで、その惨状はなかなか絵筆では伝えられないのが何とももどかしい。」

あの人は自嘲気味にそう呟きましたが、その水彩画のほぼ中央に描かれた一本道の左右に広がる無数の家屋の残骸は、そこには確かに人々の営みがあったということを十分に訴えかけておりました。

ポンチ画家としてではなく、黒田さまのような高名な画家として認められるように、あの人は一歩一歩、そして着実に階段を上り始めているように感じられたのです。

＊

同じ年、あの人は『日仏通商航海条約』と題した画集を発行いたしました。

この条約はちょうど三年後の明治三十二（一八九九）年に発効することとなっていましたが、あの人はとても神経質に条約の中身を精査しておりました。それは取りも直さず、彼自身の自由な創作活動が極端に制限を受ける可能性があったからに他なりません。

あの人は、フランス語で書かれたその画集を開きながら、一枚一枚解説を加えてくれました。

「フランスは従来通り神戸、横浜、長崎、函館の四港を利用できるが、一方でフランスは日本に対して十六カ所もの港を提供することになる。」

「条約が発効されれば、私のようなフランス人は日本の法律で裁かれ、そしてまともな裁判を受けることもなく、刑務所に放り込まれるのだろう。」

「外国人が日本人に暴行を受けても、日本の警官は見て見ぬふりをするのではなかろうか？」


徳川様の御時に、欧米の国々から都合の良いように不平等な条件を押しつけられ、それがようやく対等な立場に立てるということなのですから、日本人にとっては歓迎すべきこといえましょう。ですが、あの人の立場に立ってみれば、民主的国家とは名ばかりの日本国が、祖国フランスと対等な関係を築くことに我慢がならないのでしょう。

＊

ある日唐突に、あの人がその話を切り出したのです。

「マス、私は正直言って、この日本の将来に大いなる不安を感じている。モリスはフランス国籍だから、日本人の学校で学ぶことはできない。改正条約の発効を目前にして、多くの外国人が日本から離れているため、居留地の学校ではまともな教育を受けることも難しくなっている。そこで、モリスにはフランスで教育を受けさせたいと考えている。」

いずれそのような話が出てくるであろうことを、私は多少なりとも予感しておりました。結婚して、二人の間にモリスが生まれてからというものは、これであの人は日本に居ついてくれるだろうと、大いに期待もしていたのです。

その一方で、私の腕の中の小さなモリスの碧い瞳を見る度に、まだ見ぬ、あの人の遠い祖国の風景がおぼろげに浮かんできたのです。以前、モリスの出生届を役所に届けた時、改めてその国籍が父親と同じであるということを実感したのです。

「マス、この国に私の居場所はあるだろうか？」

「あなたは、それをどのような意味で仰っているのでしょうか？」

私はあの人の心の内を測りかねておりました。

「私がこの先、日本で生計を立てていくためには、今までのような仕事を続ける訳にはいかないということなのだ。」

「それを踏まえて、あなたは、あなた自身の絵画制作に励まれてきたではありませんか。」

「マス、わたしは密かに、何度となく自分の作品をフランスに送り、サロンへの入選を心待ちにしていたのだけれど、入選はおろか、誰からも評価もして貰えないのだ。」

それは私にとっては、全くの初耳でした。やっぱりあの人はフランスに帰りたがっているのではなかろうか、そんな想いを密かに感じていたのです。

あの人は、ゆっくりと言葉を選びながら、話しを続けました。

「最近、フランスで暮らす母が、一度フランスに帰って来てはどうかと言ってきているのだ。日本に来てから十七年、その間、私は一度もフランスに帰っていない。モリスの将来のことも含めて、どうだろう、一緒にフランスに行ってみないか？　間もなく改正条約が施行され、私たちは外国人としての特権を全て失うことになる。」

あの人は言葉を続けました。

「私の母も歳をとった。気丈な母だったが、最近では手紙に書かれた言葉の端々にそれを感じ取ることができる。母が元気なうちに一度モリスを会わせておきたいと考えている。」

私自身も、一度はあの人のお母様にお目に掛かりたい、あの人の生まれた国を見てみたい、そしてモリスをお母様に会わせたいという思いはありました。ただ、事ここに至って、あの人が永遠に日本には帰って来ないのではないかという不安が頭をもたげ始めたのです。

あの人は選択肢は一つしかないというように、理詰めで迫ってまいりました。私自身もそうすることがモリスにとっては一番良いということは十分に承知しておりました。

「場合によってはモリスを母に預け、私たちだけで日本に戻ってくることもできるだろう。」

あの人はそう言って、少しずつ私の外濠を埋め始めたのです。

「それではモリスが余りにも可哀想ではありませんか？」

「だがモリスにとって何が一番良いかと考えた時、やはりそれはフランスで自由な教育を受けさせることだと思う。」

結局、最後はいつも私が言いくるめられてしまうのでした。

＊

あの人は横浜の居留地にあるホテルを拠点に出版の活動を行っておりましたので、週に何日も家を空けることがありました。時には半月以上も帰らないこともありました。稲毛のアトリエに行った時や、取材と称して京都に行った時などは、丸一月も帰ってこないこともしばしばでした。

あの人は仕事なんだから致し方ないと自分自身に言い聞かせておりました。それでも時折不安な気持ちを抑えきれずに、玄関の戸が開いた瞬間に、あの人の胸に飛び込んだこともありました。そんな時、あの人の服に染み付いた油絵の具やインクの匂いの中に、かすかに女性の香りを嗅ぎとってしまうこともありました。あの人は私の表情の中に不安を読み取ると、決まって両手で私の頬を包み、たっぷりの愛情を注いでくれるのです。そんな軽い陶酔の中でも、私の心に芽生えた疑念は消えずにくすぶり続けたのです。

ある日、モリスが高熱を出して痙攣《けいれん》を起こしてしまったことがありました。急いで近所の掛かりつけの医院に連れて行き、痙攣はおさまったのですが、熱はなかなか下がりませんでした。初めてのことで不安でしたので、私は横浜のホテルに電報を打ったのです。

その夜はほとんど寝ずの看病をして、明け方には大分熱も引いてまいりました。ところがその翌日も、またその翌日もあの人は戻って来ませんでした。そして三日後の夜遅くに、かなり酩酊した様子で、上機嫌で帰って来たのです。

私が電報を打ったことを告げると、あの人はちょっと戸惑った表情を見せましたが、すぐに私を抱き寄せて言いました。

「すまなかった。どうしても仕事を抜けられなかったんだ。」

その時もあの人の服の匂いに混じって、強烈な女性の香りを私は嗅ぎとったのでした。いたたまれずに私はあの人の腕を振りほどき、言い放ったのです。

「あなたはモリスが心配ではなかったのですか！　本気で心配されているのであれば、仕事が終わったら、何を置いても真っ先に自宅に戻られるのが普通ではありませんか？お酒を飲まれて、その上…。」

私はそこではっとして口を噤みました。それ以上あの人を追求してはならないと感じたからです。私は唇を噛みしめたままあの人の顔を見つめておりました。あの人は無言で靴を脱ぎ捨てると、そのままモリスの寝ている部屋に行きました。あの子は数日前とはうって変わって、とても静かで穏やかな寝息を立てておりました。あの人は右手でモリスの額に触れると、しばらくそのままの姿勢でモリスの頭を撫でておりました。いつしか私の心も落ち着きを取り戻し、そんな二人の様子を何かホッとした安堵の気持ちで見つめておりました。心の何処かに口惜しさのようなものも残っておりましたが、平和そうな父と子の姿が、次第次第にそのような感情を打ち消していったのでした。

四　明治三十一年（一八九八年）

この年の一月、三歳になったモリスの記念写真を撮るために、千葉県佐倉にある写真館に出掛けて行きました。

フランス軍水兵の制服にベレー帽を被ったモリスが、本物の銃剣を掲げているという、何とも愛らしい写真が出来上がりました。あの人はそれをフランスの母親へと送る手続きを済ませたのです。

この頃、条約発効を翌年に控え、私は未だ気持ちの整理がつかずに、フランス行きの答えを先延ばしししておりました。

そんな矢先、あの人にフランスからの仕事が舞い込んできたのです。もしかすると、あの人が根回しをして取り付けた仕事だったのかもしれません。明治三十三年にフランスで開催される万国博覧会の準備員として迎えたいというお話でした。

「先方の話だと、会場内に開設される日本館の展示について、フランス語と日本語の解説文と、会期中の解説員もお願いしたいとのことなんだ。」

そんな言葉の端々に、喜びが隠しきれないといった様子でした。

結局、一年前には渡仏しなくてはならないということになり、あの人は帰国のための準備と、日本での残務整理に追われ、多忙な日々を送ることとなりました。私自身も渡仏に向けてのある程度覚悟を決めつつありましたので、築地の自宅と稲毛のアトリエの整理に取りかかることとしたのです。

＊

千葉の稲毛には、その海岸線に沿って続く黒松林の中に浅間神社がありました。この神社には、まるで広島の厳島神社を彷彿するような、一の鳥居が海中に建てられておりました。かつて広島を訪れたことのあるあの人も、そんな風景が特に気に入ったと仰っていました。

稲毛は東京からの鉄道の便も良く、内房の波穏やかな遠浅であったため、千葉で初めての海水浴場も開かれました。当時海水浴は病気療養のための手段としても推奨され、稲毛海気療養所が設立され、海水による温浴場、冷浴場、そして遊戯施設や運動場なども併設されたのです。

　やがてその療養所は別荘風旅館の海気館へと姿を変え、そのすぐ近くに、あの人が一軒家のアトリエを構え、いつの頃からか、その周囲には著名な政治家や文人、画家達の別荘も立ち並んでおりました。

　その土地の大工に建ててもらった粗末な一軒家でしたが、あの人はかえってそれが伝統的な日本家屋の風情があると言って、大のお気に入りだったのです。

　一階には、大きな画材を持ち込むために天井高が三間半余りの洋室のアトリエを設え、その隣に四畳半の板張りの台所がありました。その台所の真上に中二階的な六畳の和室がありました。

　モリスがいると本格的な片付けができないと考え、市ヶ谷の両親に預けてきました。散らかり放題のアトリエはそのままにして、二階の和室から片付けることとしました。和室は寝泊まりにしか使用されていない様子でしたが、まずは南に面した窓を開け、敷きっぱなしとなっていた蒲団を干すことと致しました。

　部屋の北側の壁には半間ほどの押し入れが備えられてありましたが、なぜかその扉が堅くて、なかなか開けることができませんでした。

私が力任せに扉を引っ張ると、下段の蝶番が外れてしまいましたが、その上段には虫に喰われて綿が散乱した状態の座布団が数枚、そして下段にはやや小ぶりな茶箱が一つありました。

私はその茶箱を部屋の中央に引っ張り出してから、その上部に積もった埃を丁寧に拭き取り、ゆっくりとその蓋を開けたのです。そこには、あの人の特別な秘密が隠されているような、一種の後ろめたさのようなものを感じたのですが、好奇心に抗うことはできませんでした。

木箱の中には、私の見たことがない女物の紺絣の着物、そして黄色い帯が丁寧に仕舞われておりました。それを見た瞬間、汗が滴り落ち、そして胸の鼓動が高鳴る感覚をはっきりと感じたのです。

そしてその着物の下には、やや黄ばんだ白い布で覆われた物がありました。私はそれを取り出すと、迷うことなくその布を解いたのです。

それは白い石膏で象られた、若い女性の顔でした。顔の額付近にはその女性のものらしい黒髪が何本か付着していて、小さな唇付近には、はっきりと紅の朱色が付着していたのです。そこに貼られた一枚の半紙には、あの人の筆で「おれん」と書かれてありました。

その名前を見た瞬間、私は体の力が抜け落ち、その場に座り込んでしまいました。

以前、あの人は私と結婚する前に、京都で若い女性と暮らしていたことがあると聞かされていました。その女性が肺病で亡くなったとも伺っていたのです。私は、その女性の影につきまとわれることを恐れ、それ以上の詮索をすることは一切ありませんでした。

これまでも、あの人の体に染み付いた油絵の具やインクの匂いの中に、明らかに他の女性のものと思われる存在を、私自身が嗅ぎとっていました。モデルの女性、芸妓さんや遊郭の女性、あの人の周囲には、常にその他大勢の女性たちの存在があることは十分承知しておりましたが、必ずや妻であり、母となった私の許に帰って来てくれるという自負があったのです。

ただこうして、あの人とその影となった京娘が、この稲毛の家でずっとあの人と一緒に暮らしていたという事実を突きつけられ、あの人の想いの深さを思い知らされたのです。

同時に、私自身のあの人に対する想いも、そしてあの人と共にフランスに行こうという決意さえも、急速に萎えてしまったのです。

五　明治三十二年（一八九九年）

この年の六月、ついに改正条約の実施が間近に迫ったある日、私とあの人は横浜にあるフランス領事館に出向き、離婚の手続きをいたしました。私たちは築地の居留地を離れ、私とモリスは市ヶ谷の実家へ、そしてあの人は最後の出版の仕事のために横浜のホテルへと向かったのです。

この年はいつもより入梅が遅れ、梅雨に入ってからも大きく天気が崩れた日は数えるほどもありませんでした。

あの人とモリスが出立する前日、私たち三人は水入らずの一日を過ごしました。久し振りに神楽坂の毘沙門さまに行き、旅の無事を祈った後、日持ちのする和菓子や煎餅などのお土産を買いました。カフェでしばしの休憩をとった後、モリスのために玩具店にも立ち寄り、神楽坂下にある写真館で記念の写真を撮りました。

あの人と私が椅子に座り、二人の前にモリスが立っているという構図で写真に収まりました。写真はほぼ同じ立ち位置で三枚撮りましたが、その中の一枚は私の両親の元に、一枚は私、そしてもう一枚は後日私があの人の元に送るということになりました。

最後にあの人の提案で《末よし》に行くこととなりました。思えばちょうど五年前の夏、この神楽坂で式を挙げた私たち二人の生活は、今、こうして同じ神楽坂で終わりを告げようとしているのです。

モリスの手を引くあの人の後ろ姿をぼんやりと見つめていると、不意に切ない思いが込み上げてまいりました。

涙で二人の輪郭が崩れはじめ、袖で何度ぬぐっても、涙は止め処もなく溢れてきました。

遅れがちな私に気づいたモリスが立ち止まって、後ろを振り向きました。モリスはニッコリと微笑んで、その小さな手で私を手招きしていました。

私は急ぎ足で彼らに追いつき、モリスのもう一方の手をしっかりと握り締めました。モリスは満足そうに父親と母親を代わる代わる見上げ、それぞれに笑みを投げ掛けておりました。

私たちは必要な手続きは済ませておりましたので、法律上では既に夫婦ではありませんでした。それでもモリスの前ではそんな素振りは全く見せませんでしたし、傍から見ればきっと仲のよい親子に見えたことでしょう。

何も知らないで日本を離れようとしているモリスのことが急に不憫に思われて、切ない想いが溢れてまいりました。

その日の晩、あの人は市ヶ谷の実家を訪れ、普段と変わらぬ様子で、私の両親と共に一緒に食事をとり、いつもと同じように陽気に言葉を交わし、父と酒を酌み交わしていました。

実のところ、私の両親には、二人の離婚のことは打ち明けてありませんでした。あの人と私の両親とが激しく口論となり、揉めるであろうことが容易に想像できたからです。モリスの前では、決してそのような場面を見せたくなかったので、あの人とモリスが日本を離れるまでは、黙っていて欲しいと私からお願いしていたのです。

「モリス、体に気をつけて行って来るんだよ。」

両親は何度も何度も念を押すようにして、代わる代わるモリスを抱きしめながら言いました。

モリスには、フランスのお祖母ちゃんに会いに行ってくるのだと言い含め、私自身も普段と少しも変わらぬように振る舞い、モリスと接していたのです。

あの人は私に、横浜の波止場まで一緒に見送りに来て欲しいと言ったのですが、私はそれを頑なに拒んだのです。そこにはあの人の友人や知人が大勢集まることが予想され、そんな中で「妻」として振る舞い、取り乱さずに二人の姿を見送るなどということは、到底不可能と思われたのです。

*

その夜、私たちはモリスを間に挟み、川の字の形で蒲団を敷きました。昼間の疲れからか、モリスは早々と静かな寝息を立てていました。私はそんなモリスの愛らしい寝顔を見つめながら、ただ溢れる涙で枕を濡らしておりました。

突然、あの人が後ろから強く私を抱き締めてきました。懐かしさに身を委ねると、再び止め処もなく涙が溢れてきました。私は声をあげて、まるで子供のように泣きじゃくってしまいました。あの人は何度も何度もその大きな手で私の涙を拭ってくれました。

「マス、私の話を聞いて欲しい。モリスの国籍はフランスであっても、彼の生まれた国は紛れもなく日本であり、日本はモリスにとってはかけがえのない母の国でもある。将来、モリスがどちらの国を選択し、どちらの国に住むのかは、モリス自身が選べば良いと思う。」

夫婦としては五年にも満たない関係でしたが、物心ついた頃から、年の離れた「兄」のように、私の日常に当たり前のように存在していたため、今更ながらに深い悔恨のような想いが涙と共に溢れ出てきたのです。

『今ならまだやり直せるかもしれぬ…。』

そんな想いが何度も脳裏に浮かびながらも、ついにそれを口に出すことができないままに、私はあの人に抱かれていました。

＊

横浜までの道のりは、市ヶ谷駅のある甲武鉄道で新宿に行き、日本鉄道に乗り換えて品川を経て横浜へと向かうこととなっておりました。

私は市ヶ谷の停車場のホームから、二人を見送ることといたしました。

あの人が先に改札を抜け、モリスと私がそれに続きました。モリスはこれが母親との別れであるとは知る由もなく、初めての船旅、そして遥かなる父の国への憧れによって心が満ち満ちている様子で、小走りであの人のもとへと駆け寄って行きました。

初夏の暑い日差しがホームに降り注いでいます。ふと見上げると、当たり前のように空は青く、そこに真っ白な雲が浮かんでいました。当たり前のように小鳥たちの囀りも聞こえています。そんな何の変哲もない当たり前の風景でさえ、今はとても愛おしく思えてくるのでした。

遠くで汽笛が鳴りました。牛込停車場方面に目をやると、外濠に沿った大きな弧を描きながら、真っ黒な黒煙を上げながら、ゆっくりと汽車がホームに滑り込んできました。急に込み上げるものがあって、私は堪えきれずにモリスを力いっぱい抱きしめてしまいました。モリスはちょっと戸惑ったような表情をみせましたが、すぐに優しい笑顔を浮かべ、その小さな手で私の涙を拭ってくれたのです。

その背後には、憚ることなく涙を流しているあの人の姿がありました。私は涙を拭き、モリスを抱き上げると、あの人に手渡しました。

「元気でいってらっしゃい！　お祖母さまによろしくね！」

モリスはニッコリと笑って手を振り、あの人に抱かれたまま汽車に乗り込んでいきました。

「マス！」

あの人が大声で私の名を呼んだその瞬間、汽車のドアがゆっくりと閉まりました。

了

エピローグ

漫画家ビゴーが日本を去ったのは日清戦争前で、ビゴーの死も何かで知った時があったがもう明かでない。

大正十三年六月の「国際写真情報」第三巻第七号では二三年前、伊太利で死んだと云って居る。住居は横浜で日本人を妻とした事其他要領は盡して在ったが、私は東京在住を知って居る。市ヶ谷仲の町で明治廿年後の事であった。

又日清役の頃四谷本村町に原田某と云ふ三十歳位の、やや世帯崩れはしたが昔を偲ぶ柔しい婦人が、家族少なな生活をして居た。これがビゴー内妻の後身で、別後の憧憬に節を持して居る人だったが、ビゴー遺作の版権（と云ふもどうか）を守てホテルに納める「メニュー」へ形紙でする着彩が、此婦人にビゴーが残した職業らしかった。

此原田の家近くに花ちゃんと云った十四五の娘が居て、往き来の繁き間柄だったが、翌年頃柳橋からこれが半玉に出て、頓て一本となり三十二年頃には、芸一方で客筋に認められる女だった。此処では才造と云ったが、後には赤坂で桂と云った。これも堅気となった迄は知ってるが、今では詮議の便りにもならない。

山中古洞「ビゴーの妻原田某」～『明治文化』第七巻第三号

（註）日清戦争／日清役は、それぞれ「日露戦争」「日露役」の誤りと考えられる。

＊

十八年ぶりにフランスに帰国したビゴーは、看護兵として二ヶ月間の兵役に服し、年末にマルグリット・デスプレと再婚し、二人の娘をもうけることとなる。

明治四十（一九〇七）年には長女の小児麻痺の転地療養のためにパリの街を離れ、郊外のビエーブルに移り住んでいる。

ビゴーは帰国後に『日本の女性歌手～茶屋の店先で』という銅版画を発表しているが、この日本髪を結った若い女性こそ、紛れもなく佐野マス本人である。

大正六（一九一七）年、第一次世界大戦の最中、二十二歳となった息子のモリスはアフリカ派遣軍に配属となり、退役後、フィリピン、マニラ、ハワイ等を経由して日本に立ち寄り、母マスとの対面を果たしている。

昭和二（一九二七）年、ビゴーはビエーブルの自宅の庭を散策中に心臓発作で倒れ、死去。六十七歳であった。

夢うつつ

プロローグ

伊香保で会ふ数年前、芥川龍之介氏の弟子のやうな渡邊庫輔氏に引っぱられて、夢二氏の家を訪れたことがある。

夢二氏は不在であつた。

女の人が鏡の前に坐つてゐた。

その姿が全く夢二氏の絵そのままなので、私は自分の眼を疑つた。

やがて立ち上つて来て、玄関の障子につかまりながら見送った。

その立居振舞、一挙手一投足が、夢二氏の絵から抜け出したとは、このことなので、私は不思議ともなんとも言葉を失つたほどだつた。

書家がその恋人が変われば、絵の女の顔なども変わるのは、おきまりである。小説家だつて同じだ。芸術家でなくとも、夫婦は顔が似て来るばかりでなく、考へ方も一つになつてしまふ。

少しも珍しくないが、夢二氏の絵の女は特色がいちじるしいだけ、それがあざやかだつたのである。

あれは絵空事ではなかつたのである。

夢二氏が女の体に自分の絵を完全に描いたのである。

芸術の勝利であろうが、またなにかへの敗北のようにも感じられる。

伊香保でもこのことを思ひ出し、芸術家の個性といふものの、そぞろ寂しさを、夢二氏の老いの姿に見たのであつた。


川端康成「末期の眼」〜『文芸』（一九三三年十二月号）

一　大正五年（一九一六年）

折からヨーロッパで始まった大戦は二年目を迎えようとしていた。イギリスとの同盟関係にあるわが大日本帝国も、これを好機と早々と参戦を決め、ドイツ領南洋諸島、次いでドイツの租借地である中国山東半島の青島を攻略した。アジア市場からはヨーロッパ産の商品が次々と姿を消し、代わって日本製の商品が市場を席巻することとなったのである。

そんな大戦景気で沸き立つ産業界とは裏腹に、われわれ庶民の暮らし向きは一向に良くならなかった。この間、戦時インフレの影響で物価は二倍強に上昇したものの、それに賃金が追いつかないといった状況であった。

『はたらけど　はたらけど猶　わが生活　楽にならざり　ぢつと手を見る』

そんな石川啄木の歌を引用するまでもなく、日本国内でも「貧困」が深刻化し、社会問題化していた。困窮した人びとが質屋に駆け込み、質屋は大いに隆盛した。小学生も家計を助けるために働き、いわゆる欠食児童が街に溢れた。栄養不良から結核に感染するケースも多く、低収入に喘ぐ小学校教員の死因の三分の一が結核であったという。

そんな折、宮崎モデル紹介所の紹介で、わが家に一人の娘とその母親が訪ねて来た。二人は秋田から上京して来たとのことである。

私は目を疑った。

目の前にいる娘はわずか十二歳だというのである。

近頃、女学生の間で流行している「ひさし髪」という髪型のせいもあるのだろうが、どう見ても十七、八歳の、少々大人びた娘にしか見えないのである。加えて透き通るほどの色白で、目鼻立ちのはっきりとした美少女であった。

娘は無言のまま、まだあどけなさの残る瞳でじっと私を見つめている。

私は、真っ直ぐに心の奥底を覗き込まれているような心持ちがして、年甲斐もなく落ち着きをなくしていた。正直に告白するならば、それは十二歳の小娘を、「一人の女」として意識したからに他ならなかったのである。

その真っ直ぐな視線から逃れるように、私はひとつ大きく咳払いをしてみせた。

娘は小声で「カネヨ」と名乗った。

「それでお母さん、娘さんは週に何日くらい通って来られるのかな?」

私は珈琲カップに角砂糖を入れ、ゆっくりとスプーンでかき回した。カネヨも見様見真似でカップに角砂糖を一つ入れ、同様にスプーンでかき回しながら、ちょっと悪戯っぽい視線を、私に投げて寄越した。そしてカップをゆっくりと口に運び、珈琲をちょっと口に含んだ瞬間、その苦さを顔一杯に表してみせたのである。その何気ない、無邪気ともいうべき仕草にも、私は再びカネヨに「女」を垣間見たのであった。

「家が田端なもんで、上野の美術学校でしたら、へえ、毎日でも通わせることは大丈夫でございます。」

秋田訛りの口調で母親が答えた。少しでも娘に稼いでもらおうという魂胆が言葉の端々に見え隠れしていた。

当時、この親子は田端に住んでいて、素焼きの人形工場に勤めていたところをモデル紹介所に見いだされたとのことであった。当時の大工の日給が一円十銭、女工の月給が六円が相場といったところで、着衣のモデルが日当四〇銭、裸体画のモデルともなれば五十五銭程度であった。そのため母親が大いに乗り気であったのも頷けよう。

「まずは週に二、三回程度通ってもらい、慣れたところで回数を増していくということでよろしいでしょう。」

私の提案に母親は多少不満そうな表情を浮かべたが、娘は大きく頷いて、白い歯を見せた。

この時、私が母親の申し出通り、毎日カネヨを拘束していたならば、彼女の人生はもう少しマシな方向へと向かっていたかもしれぬ。そんな後悔にも似た気持ちが、後々ずっと私に付きまとうこととなる。

数日後、東京美術学校西洋画科の大教室は、予想を遥かに上回る大層な賑わいとなった。

秋田美人、瓜ざね顔で、切れ長で黒目がちの瞳が印象的な裸体モデル、しかも十二歳の娘という噂はまたたく間に広がっていたのである。私が教鞭をとっている西洋画科のみならず、日本画科、彫刻科、果ては写真科の学生までもがカメラを片手にやって来るといった始末であった。

カネヨは若い画学生たちの前で、恥じらうことなく服を脱ぎ捨てると、求められるままにポーズをとった。十二歳の娘に妖艶という形容は似つかわしくないが、その全身からは匂い立つような色香を感じずにはいられなかった。

その一方で、私がもっとも惹かれたのは、カネヨの横顔であった。広い額からなだらかに伸びる鼻筋、赤く小さな唇から顎を形作るラインも見事なほどに美しい。もう少し大人びて鼻が高くなり、全体の彫りが深くなれば、私が理想とするイタリア・ルネサンス期のピエロ・デラ・フランチェスカの絵画のような完成された「横顔」のモデルになりうるだろう。

この時、十二歳のカネヨを前にして、私はそう確信していたのである。

カネヨが現れる日には、普段は閑散としている西洋画の教室が溢れんばかりとなった。学生たちの間では「おカネ」と呼ばれ、中には本気で惚れ込んでしまう者もおった様子だが、常に「父親役」の私の監視の目が光っていたため、暗黙の了解として教室内での色恋沙汰は御法度となっていた。

そして程なく、学生たちからは、毎日でもモデルとして来てもらいたいとの強い要望が私の元に寄せられるようになった。私は回数を増やして貰うべく、谷中にある宮崎モデル紹介所を訪ねた。

紹介所を立ち上げた宮崎菊は、大正四年に他界していたが、その経営は息子の幾太郎に引き継がれていた。宮崎菊とは、東京美術学校に西洋画科が置かれた明治の時代、黒田清輝先生の頃からの付き合いで、仲間内では「お菊婆さん」と呼ばれて親しまれていた。

「本当にありがたいお話ではございますが、カネヨには別の先生からもお誘いがございまして、週に三日ほどはそちらの方に通っておるのでございます。」

幾太郎が申し訳なさそうに言った。

「その方は何という先生ですか？　私が知っている方なら、多少融通し合えるかもしれないので、お名前を教えてください。」

「伊藤晴雨先生にございます。」

「はて？」

私は面識がないどころか、その名前すら聞いたことがない御仁であった。

「どのような絵を描かれる方なのでしょうか？」

私の問い掛けに、幾太郎はちょっと困ったような表情を浮かべた。

「何と申しますか、昔風に申し上げれば、春画ということになりましょうか…。おカネは責め絵とか、縛り絵と申しておりました。」

私はひどく動揺してしまった。年端もいかぬ娘が裸にされ、縛られている様を想像するだけで、ひどく胸が痛んだのである。

それから程なくして、カネヨは美術学校にパッタリと姿を見せなくなった。

再び紹介所を訪ねると、幾太郎が何とも歯切れの悪い口ぶりで、取り繕った。

「何と申しましょうか、伊藤先生のところに住み込みになりまして、伊藤先生には奥様もいらっしゃるので、心配はなかろうかと思いますが…。」

こうしてカネヨは、われわれの前から忽然と姿を消してしまったのであった。

二　大正七年（一九一八年）

欧州では、四年にも及んだ大戦がようやく終熄の兆しをみせ始めていた。また前年より始まったロシアでの革命の影響で、日本によるシベリアへの出兵が取り沙汰されるようになっていた。

その結果として七月に米価が急騰し、富山県で始まった「女一揆」は各地に飛び火して「米騒動」と呼ばれる騒擾を引き起こす事態となった。これに加え、九月には択捉島沖で巨大地震が発生し、得撫島の岩美湾には大津波が押し寄せ、集落にある家屋は全壊し、六十三名中二十四名の住民が津波の犠牲になっていた。

次いで十月には「スペイン風邪」と呼ばれる感冒が日本でも猛威を奮い、島村抱月氏が罹患して急死したという記事が新聞に載った。

松井須磨子女史の歌う「カチューシャの唄」の一節が脳裏に浮かんだ。

カチューシャかわいや
わかれのつらさ
せめて淡雪
とけぬ間と
神に願いを
かけましょうか

そんな誠に騒がしく落ち着かない一年が慌ただしく過ぎようとしていた十二月のある日、何の前触れもなく、竹久夢二がわが家を訪ねてきた。

今では女学生たちに大人気の、押しも押されぬ「竹久夢二」となっていたが、本名は竹久茂次郎といい、彼が「夢二」を名乗る時、私の名前「藤島武二」から「二」の一文字を譲り受けたいと懇願され、以来十年余りにわたって師弟関係にも似た付き合いを続けている。

面と向かってその名を呼ぶ時には「竹久くん」と呼んでいるが、ここでは判りやすく「夢二」と記すこととしよう。

折しも巷では「宵待草」の歌が大流行し、絵描きとしてだけではなく、詩人としての才能も大いに開花しているところであった。

待てど暮らせど来ぬ人を
宵待草のやるせなさ
今宵は月も出ぬさうな

彼の訪問は、一年ほど前に京都に移り住むと言って暇《いとま》乞いに来て以来のことであった。当時彼がつき合っていた笠井彦乃との関係は、彼女の父親の猛反対に遭い、八方塞がりの状態となっていた。

彦乃は日本橋本銀町の紙問屋に生まれ、十八の時に、夢二が日本橋呉服町に開店した「港屋」で二人は出会うこととなる。「港屋」は夢二の元妻であったたまきが自活できるようにと、夢二の援助で開いた店であったが、彦乃は熱心な夢二ファンということもあり、実家近くのこの店に足繁く通い詰めることとなった。

彦乃は夢二に日本画の手ほどきを受け、やがて本郷菊坂町にある女子美術学校に編入することとなる。この頃より二人の関係は急速に深まって行くことになるが、十二歳という年齢差、加えて女性関係で何かと派手な噂の絶えない夢二に対し、彦乃の父親は当初から交際に猛反対であったという。たまきとの間には長男虹之助がいたが、たまきとの離婚後もその関係は続き、次男の不二彦、三男の草一をもうけるなど、世間一般から見れば、相当に多情な根無し草のような男という印象であったと思われる。

もっとも私から見れば、その才能が故に多くの女性たちに言い寄られ、その純粋さゆえに情に流されやすいともいえるのではないかと思う。

そして二年前、夢二は一計を案じ、彦乃に京都での絵の修行を勧めた。彼自身が一足先に京都東山の高台寺近くに小さな家を借りて、密かに二人暮らしを始める算段となっているということを、彼は嬉々として私に語っていたのである。

ところがこの日、わが家に現れた夢二は、誰もが知るところの華やかな「夢二」の面影はなく、着衣は大いに乱れ、髪の毛も無精髭も伸び放題、まるで死人《しびと》のような風貌であった。

「先生、僕はもう駄目です！」

彼は吐き捨てるように言った。酒気を漂わせている彼を居間のソファに座らせると、心配そうに様子を伺っている家内に水を持ってくるように命じた。

「何がどう駄目だというのだね。」

私はそう言って彼に水の入ったコップを勧めた。

「彦乃が病に倒れ、病院に入ってしまったのです。以来、カンバスに向かって絵筆を執ってみても、絵を描こうという気持ちが全く起こらなくなってしまったのです。」

「病とは？」

「肺病です。医師からは有効な治療法はなく、安静に過ごすしかないと言われています。」

病床に伏せっている彦乃の顔が浮かび、私は掛けるべき言葉を探しあぐねていた。

「面会に行っても会うことさえも許されないのです。」

「肺病なら、それは当然のことではないのかね？」

「いいえ、彦乃の父親が京都の病院の隔離病棟に入院させ、面会すらできない状態にしてしまったのです。先日は父親と押し問答して、病院の階段から突き落とされてしまいました。彦乃は病状が落ち着いたら東京の病院に転院となると聞いて、私は京都の住まいを引き払い、一足先に東京に戻ってきたという次第なのです。」

私がコップの水を飲むように勧めると、彼はそれを一気に飲み干した。

「君の思い出の中には、沢山の彦乃くんの姿が存在しているだろう。そんな思い出の一つ一つを取り出して描いてみてはどうだろうか？」

私は言葉を選びながら、彼の表情を見守った。

「もちろんそれは何度も何度も試みました。彦乃をイメージして描き始めても、なぜか彦乃の表情がまるで浮かんでこないのです。泣いたり笑ったり、時には怒ったりする表情が、まるで霧がかかったかのように朧気なままなのです。」

彼はそこで大きなため息をついた。

「私の場合、真っ白な紙を広げても、絵筆を執ってみても、目の前に生身のモデルが存在しないと、何のアイディアも浮かんでこないのです。モデルの息づかいや溜め息、咳払いやくしゃみといったものでさえ、私の絵筆を走らせる動機となっているのです。」

彼は言葉を続けた。

「先生、私は先生のお宅を伺わせていただく度に、先生が欧州に滞在していた頃の写真を見せていただきました。心密かに欧州への憧れを抱いておりました。見知らぬ街の、見知らぬ風景や人々に想いを寄せながら、いつも創作意欲をかき立てられたのです。近い将来、彦乃と一緒に欧州を旅したいとも考えていたのです。」

その言葉を受け、私は書棚からいくつかのアルバムと、欧州で買い求めた雑誌をテーブルの上に並べた。そのアルバムを開いた瞬間、彼の表情に僅かな光が差したように感じられた。

やがて彼は、私の差し出した雑誌を食い入るように見始めると、やがてその視線はあるページで留まったままとなった。彼は本の向きを変え、そのページを私の前に差し出した。

「先生、この絵は、この絵を描かれた画家はご存じでしょうか?」

彼の指し示すページには、黒い帽子を被った赤毛の女が黒猫を抱いている絵の写真が掲載されていた。

瞬間、十数年前の、巴里に滞在していた時の記憶が甦った。

あれは私が渡仏して三年目の頃だったたと思う。

当時フランスでは、「ル・サロン（官展）」に出品される保守的な絵画に対して、「サロン・ドートンヌ（秋のサロン）」と呼ばれる前衛的な展覧会が誕生し、ここには画家だけではなく、彫刻家や写真家などの新進気鋭の芸術家たちの作品が並べられていた。

私が渡仏した明治三十八（一九〇五）年は、ちょうど「フォーヴィスム（野獣派）」

誕生の年ともいわれ、それは私が手本として追い求めてきた「写実主義」とは対局に位置づけられるものであった。

　私は職業柄、ついつい学生を相手にするかのように、彼に向かって講義を始めてしまっていた。

「先生、フォーヴィスムとは具体的にどのようなものなのでしょうか？」

「ルネサンス以降十九世紀までの絵画は、目の前にある風景や人物を、いかに写実的に訴えるかということに評価が置かれたけれど、いわゆる印象派がその地位を確立すると、写実的であるかどうかは評価のポイントから外されることになるのです。」

「とても興味深いお話です。私はアカデミックな教育を受けていないこともあって、物事を写実的に描けないことがある種のコンプレックスとなって、ずっと纏わり付いていたのです。」

「細部の輪郭を捉えるのではなく、その対象となる風景や人物をどう捉えるのか、実際に目に映る色彩ではなく、心に映し出された色合いを思いのままに描く、それが印象派であり、原色を多用したフォーヴィスムにつながっているのです。」

　夢二はその雑誌を手元に引き寄せて、食い入るように眺めていた。

「そんなフォーヴィスムの旗手としてサロンに登場したのが、このキース・ヴァン・ドンゲンというオランダ人で、ちょうど私より一回り年下で、竹久くんよりも七、八歳年長ということになるでしょう。私のフランス滞在中にその絵はサロンに出品されたので、私もその絵を見たことをはっきりと覚えています。」

彼は雑誌をテーブルの上に置くと、真剣な眼差しでこう切り出したのである。

「先生、この雑誌をしばらくお借りすることはできますでしょうか？」

それは、虚ろだった彼の目に、はっきりと「夢二」が甦った瞬間であった。

＊

翌日、私は夢二のためにと思い立って、カネヨの消息を尋ねるために宮崎モデル紹介所を訪ねたのである。

私はすぐに教えて貰った住所を訪ねることにした。伊藤晴雨という男は、新聞や雑誌などの挿絵を描き、浅草オペラや新劇などの劇評も書き、時には流行の映画の看板なども手がけているとのことであった。その一方で好事家たちの求めに応じて春画や責め絵といった作品を描き、密かに出版しているとのことであった。

私が本郷にあるという自宅を訪ねると、生憎カネヨは不在であったが、晴雨が一心に創作に取り組んでいる最中であった。作務衣を纏い、絵筆を口に咥えながら、畳に広げられた半畳ほどの紙にもう一本の筆を走らせていた。そこには荒縄で緊縛され、乱れた島田髪姿の女が描かれていた。私には一目でそのモデルがカネヨであることが判った。

晴雨はこちらを一瞥することもなく、露わになっているカネヨの乳房の輪郭を慎重に描いていた。やがて満足そうに絵筆を置くと、初めて私の存在に気づいたという風にこちらに目を向けたのである。

「カネヨはいませんぜ。」

ぶっきら棒な言葉が返ってきた。

「あっしは島田髪に結った女が好きでしてね。一方で丸髷《まげ》や銀杏《いちょう》返しの女は大の苦手でしてね。」

晴雨は言葉を続けながら再び筆を執った。

「紙で拵《こしら》えた丸髷の型がはみ出していたり、コテコテの鬢《びん》付け油に埃がついていたりすると胸がムカムカしてくる。銀杏返しも元結いから二つに分かれている輪の部分が透いて見える様になっていると、どんな美人でも反吐《へど》が出る。」

晴雨は持論を独りごちながら、島田髪の仕上げに掛かっていた。

美術学校の西洋画教室の画学生たちの描いたカネヨとは異なり、そこには単純な墨の濃淡だけで描かれたカネヨの姿があった。まだ十四歳前後である筈なのに、匂い立つ女の色香、そして少女としての恥じらいまでもが見事に写し出されていた。画学生たちがどのような技法を駆使しても、それはカネヨのモデルとしての造形を捉えただけであって、決してその内面にまで迫るものではない。

それがどうだろう、晴雨の手によるカネヨからは、汗の匂いや喘ぎ声が漏れ聞こえてくるほどに艶めかしく、見る者を捉えて離さない。

少々大袈裟に言えば、この私自身も嫉妬を感じるほどに、カネヨの内面の魅力が引き出されていたのである。この時点で、私は、何としてもカネヨを取り戻さねばならないという、強い使命感のようなものに突き動かされていた。

同時に、いつの日にか、この伊藤晴雨に負けないカネヨを描きたいという決意にも似た感情を抱くようになったのである。

＊

翌日、幾太郎に連れられて、カネヨがひょっこりと姿を見せた。

「おカネはいくつになった？」

「十五になりました。」

少女らしいあどけない笑顔が返ってきた。それとは裏腹に、より一層女性らしさを増した体の輪郭が、着衣のままでも充分に確認することができた。

あの日、伊藤晴雨のアトリエで見た、墨絵に描かれたカネヨの姿態が脳裏に浮かんだ。

「竹久夢二という画家は知っているかな？」

「もちろん知っていますわよ。若い娘たちは皆、夢二先生の絵に夢中ですからね。流行の『宵待草』も私大好きなんです。」

そんな素直な受け答えが実に愛らしい。いつの間にか秋田弁が影を潜め、多少なりとも都会風の洗練された言葉遣いができるようになっていた。どうしたらこの娘の魅力を余すことなくカンバスに映し出すことができるのだろうか、いつしか私はそんな想いでカネヨを見つめていた。

カネヨが夢二のモデルとなることを快諾したので、私は敢えて伊藤晴雨との関係を尋ねてみた。

「私もそろそろ年頃ですしね。おっかさんがこう言うの、いつまでも責め絵のモデルやっていては、お嫁に行けなくなるってね。」

初めてカネヨに会った頃の、あのあどけない笑顔が返ってきた。

その日の夕刻、私はカネヨを連れて夢二を訪ねた。当時彼は創作の場所を求めて本郷にある菊富士ホテルに移り住んでいた。

菊富士ホテルのある本郷丸山町は、振袖火事として有名な明暦の大火の火元とされる本妙寺の跡地に建てられ、大正三年の開業以来、そのモダンな外観に惹かれて、多くの文化人が寄宿するホテルとなっていた。

そこは笠井彦乃が通っていた女子美術学校と通りを挟んだ高台にあり、また彦乃が京都から転院した順天堂病院のある湯島とも目と鼻の先であった。その距離の近さがかえって彼を苦しめているであろうことは容易に想像できたのである。

この頃、夢二は先妻であるたまきとの間に生まれた次男の不二彦を引き取っており、京都では彦乃を加えた三人で、まるで本当の家族のような、幸せな生活を営んでいたという。菊富士ホテルでは不二彦との二人暮らしであったが、二間続きの洋室を借りていて、四畳半は居室として、六畳間を画室として使用していた。

「先生、本当は私、この場所が余り好きじゃないんです…。」

夢二はそう言って我々をホテルの食堂へと案内した。

カネヨを見た彼の反応は予想以上であった。夢二の視線が終始カネヨを追い続けていることを私は感じ取っていた。

「君の名前、年齢は？」

夢二は冷静さを装いながら、カネヨに尋ねた。

「佐々木カネヨ。歳は十五です。」

小首を傾げ、上目遣いでそう答えながら、唇をペロッと舐めてみせた。本人も気づいていないであろうこの癖は、カネヨ自身を妙齢な女性へと変貌させる仕草であった。

彼は一目でカネヨを気に入った様子で、早速明日からでも通って来られるかと尋ねた。

「もちろん大丈夫ですわよ。夢二先生に描いていただけるなんて、私とっても光栄です！」

カネヨは素直に喜んでみせた。そんな無邪気さが夢二の心に小さな灯りを点すことになったことは間違いない。同時に私自身の中にも、いつかそんなカネヨをモデルに描いてみたいという想いが込み上げてきたのである。

それから僅か二週間で、夢二はカネヨの絵を描きあげたのであった。

どうしてもその絵を私に見て貰いたいということで、私の元にカネヨを使いに寄越したのである。

「先生、ちょっと聞いて下さいな。夢二先生の描いた絵、ちっとも私に似てないの。」

カネヨは私を見るなり、不満そうに言い放った。

今回の創作は、半年後に開かれる表装美術展に出品するためのものであるとの説明を受けていた。主役は掛け軸ではあるが、そんな掛け軸の中にどのような姿のカネヨが収まっているのかが私の一番の関心事であった。

私は六畳の画室に入るなり、一瞬にしてその絵に釘付けとなった。

床に広げられた五尺ほどの濃紺の羅紗《らしゃ》を下敷きにして、およそ四尺余りの作品が横たわっていた。

その時、カネヨが部屋の片隅に置かれた木箱を持ち出し、描かれた姿勢と同じようにちょこんとそこに座ってみせた。

夢二が無言のまま私に雑誌を手渡し、あのヴァン・ドンゲンの絵の載っているページを開いてみせたのである。

改めて夢二の描いた絵と見比べると、あの「猫を抱く女」が、縦縞の黄八丈を纏い、見事なまでの日本女性へと変貌を遂げていたのである。

「私は京都に滞在中にこの絹本着色を学び、これも平織りの絹地に描いてみました。」

顔を近づけてみると、絹ならではの柔らかな風合いが伝わってくる。

ドンゲンの絵を見てみると、描かれている女はパリの高級娼婦なのだろうか、頭にアールデコ風の黒い帽子を纏っているが、首から腰の部分に衣服はなく、胸に抱かれた黒猫で覆われている、何とも艶めかしい作品である。

これに対し、夢二の描いた作品は、ドンゲンの帽子が近年流行の「花月巻き」に結い上げられ、二本の黄色い簪《かんざし》で飾られている。体の部分には縦縞の黄八丈が足下まで描かれ、裾の部分からは赤い鼻緒の下駄を履いた素足が覗いている。直立であったドンゲンの女は、ここでは「黒船屋」「入船屋」と書かれた小箪笥の木箱に腰掛けさせられている。

抱かれている猫のポーズと下から支える右手はほぼそのまま描かれているのに対し、左手の描かれ方が異なっていることに気づいた。ドンゲンの女は猫を愛おしむように固く抱きしめているのに対し、夢二のそれは猫の背中にそっと左手を添えているだけなのだ。今にも猫が画面から逃げ出してしまいそうな、そんな印象を受けた。そして何よりも、ドンゲンの女は、顔の下半分が猫の頭部で隠されているのに対し、夢二の女は顔全体が描かれていた。

改めてカネヨの表情と描かれた女性を見比べてみる。確かにカネヨの言うように、黄八丈の女性にどことなく彦乃の面影を見ることはできるが、その小首を傾《かし》げている仕草、そしてどこか虚ろなその眼差しに、私は目の前のカネヨ自身を重ねていた。どちらかというと丸顔の彦乃に対して、描かれた女はカネヨのような瓜実顔である。黄八丈の裾からのぞく赤い鼻緒の草履と素足が何とも艶めかしい。

「ね、私に似てないでしょう?」

そんなカネヨの呟きに、夢二は曖昧な笑みを浮かべていた。

私は、夢二の彦乃に対する想いの丈を、この絵を描くことで昇華させようとしているように感じられた。またその一方で、彼の心に点ったカネヨという小さな灯りが、彼の中で着実に育っていることを、はっきりと感じとったのである。

そして伊藤晴雨の絵と対峙した時のように、その絵に写し取ったカネヨの魅力に、多少なりとも嫉妬のような感情を持ったことも正直に告白しておこう。それはアカデミックな技術や手法といったものではなく、モデル自身の個性をいかに引き出すかといった根本的な問題であった。

どうすればカネヨの魅力を十二分に引き出すような絵画を描くことができるのか、私はそんな事ばかりを考えていた。

「先生、私、夢二先生から新しい名前を頂いたの。これからは〈カネヨ〉じゃなくて、〈お葉〉って呼んでくださいな。」

これ以降、登場する《カネヨ》は《お葉》と書き記すこととしたい。

三　大正八年（一九一九年）

スペイン風邪で急逝した島村抱月の後を追って、一月に松井須磨子女史が自らの命を絶った。まだ三十二歳という若さであったという。

『人形の家』のノラ、そして『復活』の中で歌われた「カチューシャの唄」の歌声が甦る。抱月には妻子があったため、二人の関係は醜聞的に扱われたが、これで安心して二人静かに暮らすことができようか。

二月になって、夢二が手がけた新しい詩画集が出版され、夢二はお葉を伴って私の家にやって来た。

手渡された本のカバーには赤と青を主体とする抽象画が描かれており、赤地の部分には白い稚魚のような生物が浮遊し、『夢二　山へよする』という題字が記されていた。

カバーを捲ると、白黒のイラストの描かれた表紙が現れた。天空に大きな瞳が浮かび、そこから涙がこぼれ落ちている。地上から雲の上に突き出している両手は山よりも高く、その涙の雫をしかりと受け止めようとしていた。私はそこに夢二の底知れぬ哀しみを覗き見た気分であった。扉絵にも大きな瞳が出現し、その下には二本の剣で貫かれているハート型の心の臓が描かれている。彦乃と夢二の間に横たわるその残酷な運命は、お葉という生身の女が傍らに寄り添っていても、決して埋めることのできぬ哀しみの沼であった。

「先生、聞いて下さる？　私、菊富士ホテルに住むことになったのよ。」

お葉の屈託のない言葉が飛び出す。

「パパが二階に住んでいて、私が三階の部屋を頂いたのよ。」

夢二をパパと呼んでいることに、私は少なからず困惑し、居心地の悪さのようなものを感じていた。

絵描きにとって、描きたい時にいつも傍らにモデルがいるという環境は、それが細君でもない限り難しい。かつて夢二はたまきという妻をモデルにし、次いで彦乃と暮らすことで、それを実現させてきた。

お葉が夢二の専属モデルになるということは、たまきや彦乃と同様、早晩男女の関係になるだろう…いや、すでにそのような関係になっているということも容易に想像できた。

私は一抹の寂しさのようなものを感じていた。

それは嫁ぐ娘を見送る父親のような感情というよりも、嫉妬にも似た気持ちであることを、少なからず自覚していたのである。

＊

六月に開催された表装具展での評判は、私の予想を遥かに上回った。数紙の新聞が「黒船屋」の写真を掲載し、「竹久夢二氏の最高傑作」と褒め称えた。中には「夢二氏の新恋人現る！」という見出しでお葉の顔写真を掲載している三文記事もあった。何れにせよ、夢二がお葉というモデルを得て、ひと頃のどん底状態から脱したことは間違いあるまい。

一方、笠井彦乃の病状は一進一退の様子で、退院できる見通しは全く立たないということを、夢二自身が語っていた。腹膜炎の手術は無事終わったが、結核菌がリンパ節にも転移して立つこともままならない状態とのことであった。それでも夢二は、彦乃の父親の目を盗んで時折病院を訪ねているとのことで、その逢瀬が夢二の支えとなっていたことも事実であろう。

＊

この年の六月、日本橋の三越デパートで、夢二の「女と子供によする展覧会」が開催され好評を博した。

そして展覧会が終わると、夢二はお葉を伴って旅に出た。群馬県の伊香保温泉を皮切りに、長野県の長野、松本、諏訪、そして山梨県に入って甲府、鰍沢《かじか》を巡る旅であったという。

この旅の途中で、お葉は夢二と喧嘩別れをして、一人でさっさと東京に戻ってきてしまった。

「パパがお前の全ての責任を持つって言うからついて行ったのに、パパは私の気持ちなんてお構いなしで、ただ絵を描いて、ただ体を求めて、あとはすっかり放っておかれるの。」

私はお葉の愚痴を聞きながら、さもありなんと思った。

以前夢二と話している時、彼はしばしばフリーラブという言葉を口にした。どうやら付き合いのある大杉栄あたりから吹き込まれたようであったが、男と女は一定の距離を保ち、互いに嫉妬してはならない。女は常に自立した存在でなくてはならず、経済的にも男に依存してはならないといったようなものであった。

大杉栄といえば、世間を騒がした「日陰茶屋事件」以降、愛人の伊藤野枝と菊富士ホテルに隠棲しているとのことだから、当然日常的に夢二と顔を合わせているであろうと考えられる。夢二の交友は幅広く、かつては『平民新聞』の挿絵を描くなど、幸徳秋水や堺利彦、そして荒畑寒村等との交流もあった。だが「大逆事件」の関連で夢二自身が取り調べを受けたことを機に、いわゆる社会主義者たちとは一定の距離をとるようになっていた様である。だがその一方でアナーキスト大杉栄に傾倒して行くのだから、これはこれで始末が悪い。主義や主張に染まりやすいのは多情多感な夢二自身の性質によるものであろうが、これが彼の絵にも遺憾なく発揮されているのであろう。

『だから私は離縁した後にも、たまきのために港屋を開店させたのです。』

かつて夢二は自らの主義を正当化するようにそんなことを言った。夢二はその後もたまきとの関係を続け、次男、三男をもうけることとなったが、再度入籍することはなかった。そしてその港屋で当時女学生であった彦乃を見初め、間もなく男と女の関係になった。その彦乃には画の才能を見いだし、女流画家として自立させるために自ら手ほどきをしていたのである。

ところがお葉にはそういった商才や画才といったものはなく、一般的な教養も持ち合わせていない。モデルとしての魅力や価値は一時的なもので、歳を取ればやがて必要とされなくなる。お葉はそうなる前に夢二を繋ぎ止めておきたいと思い、夢二はそんなお葉の一途さを、多少なりとも疎ましく感じているのであろう。

「お前はむやみに竹久くんを追い求めてはいけない。むしろ常に一定の距離を取りながら、自身を磨くために、竹久くんから色々と学ぶことが重要だよ。」

この時お葉はまだ十五に過ぎなかったが、おそらくは母親から夢二をしっかりと掴まえるようにとの指示が出されていたのであろう。

「でも先生、今のパパの想い人は彦乃さんだから、それは仕方ないと思っているの。でももう少しだけ優しく接して貰いたいだけ。」

眼にいっぱいの涙を浮かべながら、お葉が訴えた。その表情が何ともいじらしく、愛おしくさえ感じたのである。

この年、私は第一回帝国美術展の審査委員に任命された。元々は政府の美術振興策の一環で、明治四十年に文部省によって開催された文部省美術展覧会がその前身であったが、審査員の任命方式や受賞に対する批判があり、その改革が求められていた。その結果として、森鷗外氏を院長とする帝国美術院が新たに設立され、そのメンバーであった黒田清輝先生の推挙で私が審査委員に加わったという次第である。同時に美術展に出品するための作品の制作に取りかかっていたために多忙を極めた。

「カンピドリオのあたり」と題したその作品は、イタリアに留学した時、古代ローマ時代の中心地であったカンピドリオ広場付近をスケッチしたものを元絵に、日本風な屏風絵の様に双幅に仕立てた。

二枚の絵に連続性はなく、それぞれに別々の風景を切り取り、左幅には画面左側にローマ遺跡を描き、右側にはローマ市内の風景と青空に浮かんだ半月を描いた。一方の右幅には、画面いっぱいに石段を描き、その手前に幼子を抱いた婦人の後ろ姿を配置した。

風景を描き取るときには迷いはないのだが、人物を描こうとする時にはいつも何らかの躊躇が付きまとう。私自身、その人物の姿を捉えることはできても、人物の個性や魅力を画面に写し取ることができていないと感じてしまうのだ。したがってこの絵の中の婦人は敢えて後ろ向きに描くこととしたのである。

伊藤晴雨、竹久夢二、彼らの描いたお葉には、紛れもない個性が滲み出ていたのである。口にこそ出さなかったが、そんな対抗心のような想いが常に心に付きまとっていたのであった。

美術展が始まって間もなく、夢二がお葉を伴ってやってきた。どうやら二人はよりを戻したようで、お葉がちょっとばつの悪そうな顔で、悪戯っぽい上目遣いで私を見ていた。

「先生、この絵はどこの国の風景なのでしょうか？」

夢二は挨拶もそこそこに切り出した。

「イタリアのローマの中心にあるカンピドリオ広場付近のスケッチを元に描いたものです。」

夢二はしばらく絵を眺めた後にポツリと呟いた。

「先生が実に羨ましい。この石段の先にある建物の、その遥か上空に広がる空の青さ！私もいつかはこのような風景の中に身を置いてみたいと考えています。彦乃が、彦乃が元気になったら、一緒に外国に行こうと約束しています。」

お葉が少し離れたのを見計らって、夢二がポツリと呟いた。

それは彼なりの覚悟でもあったであろうが、私が病状を尋ねると、彼は小さく首を振った。

四　大正九年（一九二〇年）

年が明けて間もなく、夢二が一人で訪ねてきた。そして彦乃の訃報を伝えた。

「東京の病院に転院した時から、こうなる覚悟はできていました。もし万が一にも快復することがあったら、彦乃を入籍して、本気で外国に行くつもりでした。」

その言葉に偽りはないだろう。憔悴し切った夢二に対して、私が掛けるべき言葉を探しあぐねていると、夢二が再び口を開いた。

「知らせを受けても、葬儀にも行くことができませんでした。彦乃を京都に住まわせ、あちらこちらに連れ回したことが原因ですから、私が彦乃を殺したようなものですから。」

「そう自分自身を責めるものじゃない。少なくとも彦乃くんは君と一緒に暮らすことができて幸せだったのだと思う。」

私が言葉を掛けると、夢二は小さく首を振った。

「いいえ、彦乃は私と出会わなければ、もっと別の、幸せな人生を歩んでいたことでしょう。一般の堅気な男性と結婚して、子供の一人も産んでいたかもしれません。」

確かに夢二の言う通りなのかも知れぬ。

「先生、折り入ってお願いがあります。少し落ち着いたら一緒に彦乃のお墓参りに付き合って頂けないでしょうか？」

「それは一向に構わないが、墓所はどこにあるのかね？」

「白山神社にほど近い高林寺と伺っております。」

*

数日後、お葉を伴って夢二がやって来て、私たちは約束通り彦乃の墓参りに出掛けた。鉛色の雲が低く垂れ込め、今にも雪が降り出しそうな空模様であった。

夢二が社務所で墓所を尋ね、我々は程なく笠井家の墓石の前に立った。境内に人気はなかったが、辺り一面に線香の匂いが立ち籠めていた。墓石の傍らには彦乃の戒名が書かれた真新しい卒塔婆があった。

お葉が持参した花を供え、線香の火をつけるのを、夢二はただ黙ったまま見守っていた。夢二はお葉から受け取った線香を供えると、その場に立ち尽くしたまま動かなかった。やがてその両頬から止めどなく涙がこぼれ落ち、夢二は憚ることなく激しく嗚咽した。

その時機を見計らったかのように、白い雪がハラハラと舞い落ちてきたのである。

『彦乃は私と出会わなければ、もっと別の、幸せな人生を歩んでいた』

私は夢二の深い悲しみに触れた。同時にそれを見守っているお葉自身の気持ちはいかばかりのものだろうか、私はそのことばかりを漠然と考えていた。

同じことはお葉の境遇にもいえるだろう。早晩、お葉の身の振り方についても、私自身が本気で考えてやらねばならないだろう。

お葉はじっと空を見上げていた。

*

この年、国際連盟が発足し、日本はイギリス、フランス、そしてイタリアと共に常任理事国となった。連盟設立を呼びかけたのはアメリカの大統領ウィルソンは、議会の反対に遭い、参加を断念せざるを得なかった。その一方で大統領が反対したにも拘わらず、「禁酒法」などという訳の解らぬ法律制定を議会が押し切った。

そもそも「酔いをもたらす飲料」を定義し、〇・五パーセント以上のアルコール濃度のあるものが全て規制の対象となったとのことである。当時、アメリカの大手ビール会社の大部分がドイツ系であり、先の大戦によるドイツのイメージ悪化がこれを大いに後押ししたとの噂である。だが実際は「もぐり酒場」が横行し、アルコール飲料の消費量は、禁酒法以前よりも十パーセントも上昇したとのことであった。

二月になると、日本では普通選挙の実施と治安警察法の廃止を求める民衆が芝公園から二重橋までの行進を行った。参加者は大勢の女性団体も加わり、三万人にも及んだとのことである。また別の労働団体は上野公園に集結し、日比谷公園までのデモ行進を断行し、これは関西にも飛び火して、友愛会や関西鉄工組合などが普選運動を展開した。

三月には第一回の大学駅伝競走なるものが開催され、東京高等師範学校（現筑波大学）が栄えある優勝を飾った。二位以下は明治、早稲田、慶応と私学が続いた。私は昔から走ることが苦手だったので、二日間で襷《たすき》を繋ぐとはいえ、東京の大手町から箱根の芦ノ湖までの往復を走るなんていうことは、個人的には狂気の沙汰と言わざるを得ない。私はたまたま所用で大手町の新聞社に出掛ける用事があり、そのゴールの瞬間を目の当たりにし、いたく感銘を受けたという次第であった。

そして三月十五日、それまでの大戦景気という浮かれた日本経済に冷や水を浴びせるような株価の大暴落が起こった。私の所有する株式も半分から三分の一程度に目減りしたが、資産の大半は銀行預金であったために比較的被害は少なかったといえよう。ただその銀行も経営不振に陥り、二十一行が休業に追い込まれたとのことである。

五月には日本で初めてのメーデーなる催しが開かれ、およそ一万人の労働者たちが上野公園に溢れた。その日は日曜日であったが、やりかけの仕事を片付けるために美術学校へと向かったが、その道すがらプラカードを持った多くの人々と擦れ違った。その内容の多くは最低賃金法の制定や八時間労働制の実施を求めるものであった。

私のような美術学校の教師、もしくは絵描きにとっては、労働時間や最低賃金といったものとは無縁であったが、不景気であるが故に絵が売れないという切実な問題が突きつけられてくる。ある程度日々の生活が不自由なく送れて、金銭的にもゆとりがなければ、音楽や美術などの芸術に目を向ける余裕はない。ましてや美術学校に進んで絵で生計を立てようなどという物好きは現れなくなるだろう。現在、私の元で絵を学んでいる画学生たちも、今は全く先行きが見えないといった状況である。

さてこの年、カール・マルクスの『資本論』が翻訳されたのを契機として、労働組合や学生団体、社会運動家らが結集し、日本社会主義同盟が結成された。山川均を中心に堺利彦や大杉栄らが参加していることから、夢二もこれに加わるのではないかと心配したのだが、先の大逆事件に際し、官憲から厳しい取り調べを受けたことのある夢二は、その後、彼らの活動とは一定の距離を保っている様子であった。

日本社会主義同盟は官憲を出し抜いた形で突如結成宣言を出したものの、政府からの激しい弾圧や検挙を受け、翌年には結社禁止処分を受け、解散を命じられたのであった。

このような状況の中で、「平民宰相」と期待された原敬首相は、本格的な政党内閣を組閣したものの、選挙に関しては納税資格を十円から三円に引き下げるに止め、普通選挙の実現には時期尚早として反対の立場を表明したのである。その結果、原内閣の政策に不満を抱く青年により東京駅で刺殺されてしまうという事件が起こった。

五　大正十年（一九二一年）

この年、夢二はお葉を伴って本郷の菊富士ホテルを出ると、渋谷に一軒家を借りた。いよいよ本気でお葉との関係に向き合う気持ちになったのかと安堵したのだが、夢二にそれとなく問い糾してみると、いつものように曖昧な笑顔を浮かべたまま、のらりくらりとはぐらかされてしまうのであった。

やがてお葉は夢二との子を身籠もることとなる。

しかしながらお葉の腹が目立ち始めた頃より、夢二は留守がちとなり、スケッチ旅行と称して一月以上も家を離れることもあった。旅先より小まめに手紙をお葉に書き、その手紙が届く度にお葉は私を訪ねては愚痴をこぼしていったのである。

そして男の子が生まれた時も家に戻ることなく、「与太郎」という名前を付けるようにとの手紙がお葉の許に届いた。

ところが間もなく、その与太郎が病に罹り、お葉の必死の看病にもかかわらず病状は悪化するばかりであった。お葉は藁にもすがる思いで私に電報を打ち、私は医師を伴ってお葉の許に駈けつけたのであった。

与太郎の症状は一進一退であったが、夢二は帰る気配もなく、このような手紙を送りつけてきたのである。

『心細いだらうが、もう二、三日のしんぼうだ。与太郎のことより、おまへのからだが大切だ。どうか心もちをしっかりして、まっていてくれ。』

『からだはどんな風だ。死ぬものはしかたがない、おまへのからだは、これから私のためにだいじにだいじにしておくれ。それぱかりをねんじている。』

数日後、与太郎は父である夢二の腕に一度も抱かれることなく旅立ってしまったのである。

戸籍上の夫ではないにせよ、少なくとも与太郎の父親であることへの責任は自覚すべきであろう。いや、根無し草のような夢二には、今更何かを期待しても致し方あるまい。

それよりもむしろ、お葉が余りにも不憫でならない。私自身が本気でその身の振り方を考えてやらねばなるまい。そんなことを漠と考えはじめていたのである。

六　大正十一年（一九二二年）

　この年、夢二は自らの会社の設立に向けて奔走していた。自ら描いた絵を一枚一枚切り売りする職業画家としてだけではなく、広告やデザインなどを手がける会社を起こしたいと常々語っていたのである。

　そんな夢二がお葉を伴って、わが家を訪ねてきた。いよいよ年貢を納める覚悟をしたのかと期待したが、そうではなかった。

「先生、一つご相談があるのですが、岡田三郎助先生と共に、会社の顧問を引き受けていただけないかと思いまして…。」

「それで岡田くんの了解は得られたのかね？」

「いえ、まずは藤島先生のご承諾を得られましたら、その足でご自宅に伺わせていただこうと考えております。」

　私は一呼吸おいてから話を続けた。

「会社名を決まっているのですか？」

のである。

「私の詩集の『どんたく』から取って、《どんたく図案社》と名付けようと考えております。」

私はちらっとお葉を見やったが、お葉は夢二の傍らですっかり貞淑な妻を演じていたのである。

「私がデッサンしたものを包装紙やポスターに仕立て、広告一般を広く手がけたいと思います。雑誌の発行も計画していて、すでに印刷所も手配済みとなっております。」

夢二の目は輝いていた。ひと頃の根無し草のような茫洋とした眼差しではなく、そこには希望が宿っていたのである。

「一つ条件がある。その会社が軌道に乗ったら、お葉を正式な妻として迎え、入籍するということを約束して欲しい。」

私の唐突な申し出に、夢二もお葉も戸惑いの色を隠せなかった。お葉は今にも泣き出しそうな表情に変わった。

夢二は傍らのお葉を見遣ることなく即答した。

「分かりました。会社はお葉にも手伝ってもらうつもりなので、軌道に乗ったら籍を入れるということを、お約束いたしましょう。」

もう少し言葉を左右しながらはぐらかすのではないかと思っていただけに、私はちょっと拍子抜けした。同時にこの時ばかりは、娘を嫁がせる父親のような心持ちとなったのである。

七　大正十二年（一九二三年）

九月一日、その日私は午後から、東京帝室博物館内にある竹の台陳列館で開催される院展に出掛ける予定となっていた。

院展は、岡倉天心先生が大正二年に他界された後、横山大観氏らが中心となって日本美術院を再興し、毎年九月に開催され、この日がその初日となっていた。開展前から、日本画の横山大観氏の大作『生々流転』が大いに話題となっていたのである。新聞等には、この作品が長さ四十メートルにも及ぶ水墨画で、水墨画表現の全てが駆使されている大観作品の集大成というべきものであると絶賛されていたのである。

院展今年の呼物は何というても横山大観氏の長巻『生々流転』で之は大観氏自身がその自家の経路を流水に喩《たと》えて長巻仕立としたもの、丈二尺全長実に二十四間、院展再興以来の大作で、氏は三ヶ月前から此の大作に着手し、此程漸《よう》く完成した。此の大作を描くに用ゐた墨は松平不昧公《ふまい》秘蔵の名墨『程君房《ていくんぼう》』で、円筒形獅子の抓《つま》みのある非常の名墨で先程漸く完成（中略）蓋《けだ》し今秋の美術界を震駭《しんがい》さすべき大作である。

『都新聞』大正十二年八月二十六日

私は上野美術学校のアトリエで早めの昼食を済ませ、ちょど食後の珈琲を淹れようとしていた時であった。

突然、これまでに経験したことがないような激しい揺れに襲われ、バリバリという凄まじい音と共に、立てかけてあったイーゼルが次々と倒れ始めた。ミロのヴィーナス、サモトラケのニケといった石膏像も一瞬にして激しく砕け散った。

私は座っていた椅子から転がり落ちると、そのまま床にひれ伏したまま、成り行きを見守るしかなかった。あちらこちらでガラスの砕ける音がしたものの、どうやら美術学校の校舎自体は何とか持ち堪えそうだと、多少安堵の心持ちであった。幸いにも学生達は夏休みの最中で、校内は人影も疎らであり、校舎自体にはあちらこちらの壁に大きな亀裂が入ったものの、建物が倒壊するような大きな被害はなかった。

やがて美術学校のある上野公園には、被害の大きかった下町からの避難民が押し寄せ、校内もおよそ一万人近い人々で溢れかえっていたのである。校内にある二カ所の古井戸の水は、幸いにも枯れることなく水がこんこんと湧き出していたので、飲み水を求める人々を落胆させることはなかった。

問題はあちらこちらから立ち上る煙で、ちょうど昼時ということもあって、それぞれの家庭の竈《かまど》には火がおこされていて、その上に木造家屋が倒壊したために、火災は数日間にわたり猛威を振るうこととなる。

私が自宅のある駒込の曙町に辿り着いたのは翌日のことであったが、絵描きとしての性《さが》というべきなのだろうか、私はスケッチ帳を片手に、道すがら被災を受けた建物等を記録しながら歩いたのである。

そしてちょうど本郷道坂付近を歩いていると、道端でばったりと伊藤晴雨と遭遇したのである。私よりも一回り以上も若い筈なのに、その風貌はまるで「好々爺《こうこうや》」といった感じであった。

「ご無事で何よりです。」

私がそう言葉を掛けると、晴雨は激しく頭を振った。

「何もかもが焼けてしまいました。家も家財道具も、画材も、そして儂の全ての作品も、何もかもが灰となってしまいました。」

私が掛けるべき言葉を探していると、再び晴雨が口を開いた。

「今にして思えば、カネヨを手放すんじゃなかったと後悔しておるんです。天下の竹久夢二と張り合うても勝ち目はない、そして何よりもカネヨの将来を考えて、潔く身を引いたつもりだったのです。」

「何よりも口惜しいのが、カネヨを描いた絵が一枚も手元に残っておらんのです。全て焼けてしもうたのです。」

辺りを見渡せば、まだ至る所から煙りが立ち上り、人々が慌ただしく走り回っていた。そんな非常時にスケッチ帳を片手にフラついている私は傍目《はた》には、不届き極まりない輩に映っていたであろう。

「私にはもうひとつ後悔がありまして、六歳の時分に本所押上の稲荷神社の奉納額を描いたのが評判となりまして、何と芝の増上寺の大僧正の前で絵を描くこととなったのです。」

私はスケッチの手を止めなかったが、晴雨はお構いなしに言葉を続けた。

「正面に大僧正が座り、私に筆と紙を差し出して何か描くように言われました。私は見様見真似で覚えた龍を、臆することなく自己流で描き切ったのです。」

私はふとスケッチの手を止めた。私の脳裏には五歳の晴雨がちょこんと鎮座していたのである。

「大僧正は私の絵をいたく気に入られ、結構なお菓子を頂戴し、後日、私を是非とも僧侶にするようにとの使者がわが家を訪ねて来たのです。ところが父親は、何を勘違いしたか、そんなに才能のある息子を坊主にするのは勿体ないと言って断ってしまったのです。」

「何とも惜しいことをしましたね。」

「いやいや、仮に仏門に入っていたとしても、あっしには厳しい修行は向かないでしょう。何よりもこんなにも女好きな坊主がいたら、増上寺の看板に傷がつくってもんでしょう。」

そう言って晴雨は豪快に笑った。

「先生、あっしの頼み事を一つ聞いて欲しいんですが…。」

突然真顔になった晴雨が、そんな前置きをして話を続けた。

「もう一度、カネヨをモデルに絵を描かせて貰えませんですかいのぉ？」

そんな哀れな晴雨を前に、私は彼に、カネヨが夢二の子供を産み、そしてその子が間もなく亡くなってしまったことを告げた。

　晴雨は哀しそうに天を仰ぐとポツリと呟いた。

「そうでしたか…。それでカネヨは今、幸せに暮らしておるのでしょうか？」

　幸せかどうかと問われ、私自身が答えに窮してしまった。夢二と一緒に暮らしていることから判断すれば、幸せと言えないこともない。先年夢二と交わした約束をいちいち晴雨に説明するまでもあるまいと考えていた。

「天下の竹久夢二に言ってやってください。カネヨを決して不幸にすることがないようにと。もし万が一、カネヨを幸せにできないのであれば、いつでもこの晴雨が貰い受けに参上すると。」

　この男もまたカネヨに魅せられ、カネヨと別れてもなお、カネヨに囚われ続けているのであろう。ただその一方で、カネヨの身を心底案じているという点では、私と相通ずるところがあったのである。

＊

この地震が起こった時刻が昼時で、それぞれの家庭では竈に火が入れられており、多くの木造家屋が倒壊したため、火災は至る所で発生した。加えて北陸地方を通過中の台風の影響で、東海地方には強風が吹き荒れており、下町を中心に東京市の四割余りを焼き尽くし、全ての火災が鎮火したのは二日後の九月三日であった。

地震による全犠牲者の九割余りが、この火災によるものであると伝えられている。

浅草のシンボルでもあった通称「十二階」の凌雲閣も八階から上が倒壊し、後に撤去されることとなった。

そしてこの混乱に乗じて、軍部から「目の敵」とされていた社会主義者や無政府主義者たちを抹殺しようという動きも加速した。

後の新聞報道によれば、亀戸警察署内に囚われていた社会主義者十名が習志野騎兵連隊により殺害されるという事件が発生した。

そしてこれとは別に、「朝鮮人が暴動を起こした」という流言により、各地で自警団が結成され、千葉県では香川県から薬の行商に来ていた男女十五名が朝鮮人と見なされて自警団の暴行を受け、九名が殺害されるという事件も起こっている。この流言は、新聞各社が『不逞朝鮮人の放火』『鮮人と主義者が略奪強姦』と記事にして煽ったため、最終的には数百から数千人という半島出身者が殺されたとのことである。

*

九月の半ばを過ぎたある日、夢二がお葉を伴って駒込の自宅を訪ねてきた。
「先生、これを見てください。」
夢二がそう言って差し出したのは、新聞の号外であった。

甘粕憲兵大尉の大杉栄外二名殺害事件
所謂外二名とは伊藤野枝と栄氏の甥で当年七歳の子供

何と痛ましい、悍《おぞ》ましい事件だろうか…私は見知った両名の顔を思い浮かべながら、暗澹《あんたん》たる気分を抱いていた。そして記事の中で丸囲みされた少年の写真を見つめながら、深い悲しみと共に激しい憎しみが込み上げてきたのである。

「先生、どうしてわが国には自由というものが存在しないのでしょう。改革維新とは名ばかりで、維新から半世紀もの年月が過ぎているのに、これでは未だ徳川の時代とご禁制のキリシタンと同じではありませんか！」

「君の言う通りです。明治になって信仰の自由は認められはしたが、主義・主張は認めないというのは時代錯誤も甚だしいというしかありません。」

「それでもなお我々のような絵描きは、政治や社会には首を突っ込んだりせず、ただ絵を描いてさえいれば良いということなのでしょうか？」

　私は以前、夢二に余り政治活動に深入りをしないようにと警告したことがあった。大逆事件に際して、その身柄を拘束され、数日間にわたって取り調べを受けたことがあったからである。また大杉栄の身辺には特高が常に張り付いていたことも承知していたからであった。

「芸術家は政治に関心を持つな、主義・主張を持つなということではありません。ただ今の時代、そこに深入りすれば特高に目をつけられ、そのことによって著しく活動が制限される可能性があるということは肝に銘じておく必要があるでしょう。」

私は、夢二の隣で黙って話を聞いているお葉の様子を窺った。

まだ二十歳前後なのに、成熟した女の色香を漂わせている。夢二の絵画はこのお葉の匂いを漂わせ、お葉もまた、「夢二式」女性の理想に仕立てられていたのである。

夢二がおもむろに画帳を取り出して、私の前に置いた。

「先生、これをご覧になってください。」

そう言って差し出されたのは、夢二が被災地をスケッチして回った画帳であった。

もし学生たちが、自分たちの作品としてそれらの絵の評価を私に求めたならば、私は事細かにアドバイスをしたであろう。しかし夢二のそれは、そんな美術的な視点を超えて、実に生々しく人々の生活を描き切っていたのである。私がスケッチした作品は、いつか油絵として仕上げる事を想定して構図や人物を取捨選択していたが、夢二のスケッチは目に映ったままの、悲嘆に暮れる市井の人々の内面に迫った作品ばかりであった。

特に私が心惹かれたのは《中秋名月》と題された作品で、画面中央に母親らしき女性の後ろ姿、その右側に幼い娘、左側にその兄らしき息子が描かれ、画面左上に上った中秋の名月を眺めているものであった。月明かりに照らされた親子の横顔、風に揺れるススキ、そして辺りからは虫の鳴き声さえ聞こえてくるような一枚であった。生き延びることができた喜びと共に、未だ会えないでいる父親の存在さえも暗示しているような作品であった。

　私はスケッチ帳を開きながら、あの日、伊藤晴雨が放った言葉を反芻していた。そして一通り見終わった後、ポツリと言った。

「先日、伊藤晴雨とばったり遭遇したのだが、彼はしきりにお葉のことを気に掛けていたよ。」

　私の絵の感想を期待していた夢二は、ちょっと拍子抜けといった表情で私を見た。それに構わず私は言葉を続けた。

「晴雨はもう一度カネヨをモデルに絵を描きたいと言っていたよ。」

　私はあえて「お葉」ではなく、「カネヨ」と言って夢二の反応を窺った。夢二は明らかに不快の色を浮かべていた。

「冗談じゃないですよ。あの地獄のような日々から、お葉を救い出したのはこの私なんですよ。何で今更、晴雨になんかお葉を渡すもんですか！」

　一方のお葉は、どことなく晴雨を懐かしんでいるような、そんな表情を浮かべていたのである。

「それから、晴雨から君への伝言なのだが…。」

私は少し間を置いてから、言葉を続けた。

「彼はこう言っていたよ。もし万が一、夢二がカネヨを幸せにできないのであれば、いつでもこの晴雨が貰い受けに参上すると。」

夢二は押し黙ってしまった。そしてお葉は、やや頬を紅潮させながら、微かな笑みを浮かべていたのである。

この震災と共に、夢二の《どんたく図案社》の構想も完全に潰《つい》えてしまい、同時にお葉を入籍するといった約束も反故にされたままとなってしまったのである。

八　大正十三年（一九二四年）

そんな夏の昼下がり、私がソファでうたた寝をしていると、突然お葉が訪ねて来た。

何か思い詰めたような様子で、いつものような屈託のない笑顔を見せることもなく、居間のソファに腰掛けた。

「暑いなあ…。」

私は独り言のように呟き、扇風機の首振りのスイッチを入れた。お葉に送られた風に後れ毛が微かに揺れる。

一瞬、私はその横顔に釘付けになった。初めてお葉に出会ったあの日、いつの日にか大人びたお葉の横顔を描きたいと秘めていた理想が、今、この瞬間、私の目の前にあることを確信したのである。

「先生、私はどうしたらいいんでしょう…。」

お葉がぽつんと言った。

「夢二くんのことかね？」

「はい。あの人にとって、私はどのような存在なのか、判らなくなってしまいました。モデルとしてあの人の言われるままにポーズを作り、あの人に愛されたくて言われるままに立ち居振る舞いを直し、そして奥さんのようになりたくて黙ってあの人に従う…。そんな生活に疲れてしまったのです。」

お葉が留守にしている間に、夢二は女流作家の山田順子《ゆきこ》と、順子の故郷秋田へと旅立ち、二人の関係は世間の好奇の目に晒されることとなった。

『秋田魁《さきがけ》新報』には列車の中で見掛けた二人を次のように描写している。

男は分別くさい年頃だろうがチビヒゲを生やしてゐる。髪を長くしてゐる。
背が低い（恐らくならんだ女よりも）モーニングのふちをとつたなど気取ってゐる。
すぐ女と男と手を握ってゐることがわかる。
遠くにゐる客がわざわざ見にくる。さうしては便所にゆく。

誰もが知る有名人である「竹久夢二」と、秋田出身の新進気鋭の作家「山田順子」との関係に対し、記者の目はとことん冷徹である。

当然二人の関係はお葉の知るところとなり、私の家に転がり込んできたという次第であった。

夢二にお葉を紹介した手前、私にも多少なりとも責任の一端があるのだろうが、お葉の将来のことを考えると、この辺りが潮時なのかとも思えてくる。きっぱりと夢二と手切れをして、どこぞの身持ちの良い伴侶を見つけて、その男性と添い遂げることがお葉自身の幸せとなるのではないか、私はそんなことを漠然と考えていたのである。

「お前は竹久くんとの関係をはっきりとしたいと望んでいるのだろう。結婚して妻として迎え入れてもらえるのか、それともきっぱりと縁を切って別れるのかということなのだろう。」

私は少々厳しい口調でお葉に迫った。お葉は小さく頷いた。そしてしばしの沈黙の後、堪えていたお葉の瞳から涙がこぼれ落ちた。

思い詰めたような、憂いを含んだその横顔が実に美しかった。こんな状況でさえも、私はお葉をモデルにカンバスに向かっている自分自身の姿を想像していたのである。

「しばらくは夢二くんと距離を置いて、色々と将来について思い巡らせるのも良いかもしれんな。」

「先生、しばらくこの家に置いてくださらない？」

お葉は少々甘えた口調で私に訴えた。

＊

数日後、今度は夢二が訪ねてきた。たまたまお葉は外出中であった。

私は単刀直入に夢二を問い詰めることとした。

「君はお葉との関係をどうするつもりなのかね。」

夢二は少々戸惑ったような表情を浮かべたが、私の方を向き直ってこう断言した。

「別れるつもりはありません。」

「それは結婚して、お葉を妻として迎え入れるという覚悟があるということなのかね？」

夢二はしばし沈黙した後、ぽつりと呟いた。

「確かに一時は、《どんたく図案社》の設立を画策していた時には、本気でお葉を入籍しようかと考えたこともありました。でもその夢が潰えてしまった今、改めて所帯を持とうという気持ちもなくなってしまったのです。お葉に限らず、私はもうどんな女性とも結婚するつもりはありません。妻になると女は豹変してしまうのです。女房面してあれこれと指図するようになって、亭主の前では色香もなくしてしまいます。お葉には絶対にそうなって欲しくないのです。」

　私は呆れて大きなため息をついた。

「それは余りに身勝手な考えではないのかね。君が感化された大杉栄氏のフリーラヴとかいう思想は、今日の日本社会では全く理解されないのだよ。」

「いいえ、それは違います。女を妻という名の元に家庭に押し込め、亭主の奴隷のように従わせることが、果たして美徳なのでしょうか？　フリーラヴの精神は男性だけの特権ではなく、女性解放の精神にも合致するのです。」

　私はこの問答は埒があかないと話題を変えることとした。

「君はお葉の気持ちを考えたことはあるのかね？　お葉は君とは違うのだよ。フリーラヴの精神をお葉にも理解させて、自由気ままに振る舞うなんて、私から見れば余りに身勝手な考えだと思う。」

「先生の仰ることはごもっともです。しかしながら、お葉は私にとってかけがえのないモデルなのです。《夢二式》と呼ばれる女性を描く上で、なくてはならない存在なのです。」

「いや君は私の真意を全く理解していない。お葉にとって、真の幸せとは何なのかというこうことを、お葉の立場に立って考えてみなさいということなのだよ。」

「お葉の立場?」

「そう、お葉が望んでいるのは夢二の妻となり、その子供を産んで母となるという、いたって平凡な女の生き方なのだよ。」

「お葉がそう言ったのでしょうか?」

「そうだ。もう一つ付け加えるならば、自分の夫となる人には、自分だけを愛して欲しいということなのだよ。」

「百歩譲ってお葉を籍を入れるにしても、もう子供はいりません。」

夢二はきっぱりと言った。

「ならば、お葉と別れなさい。君は別のモデルを探せば良い。どこぞに君のお眼鏡にかなう器量よしのモデルがいるだろうから。」

夢二は押し黙ってしまった。

「私はお葉のために、身持ちの堅い良人を紹介してあげようと考えている。」

私はそう言って、夢二に引導を渡した。

それからしばらくして、私はお葉に竹内という若い画家を紹介したのだが、お葉は「あんな人のお嫁さんにはならないわよ」と言い、竹内もまた「夢二の情婦」という経歴に恐れおののいた。

＊

結局その縁談は自然消滅という形で流れてしまったが、一方で、お葉は再び私の専属モデルとしてわが家に通うこととなったのである。

大正五年に十二歳で私の前に出現した「カネヨ」は、十年という歳月を経て、二十二歳の「お葉」として私の目の前にいた。

「カネヨ」として美術学校の学生たちの好奇の目に晒され、伊藤晴雨の責め絵のモデルとして数年を過ごし、そして竹久夢二の専属モデルとして数々の「夢二式」絵画を生み出した。

そんな「お葉」が再び私のモデルとして、このアトリエの中にいる。いや、この際夢二との縁も切れたので、「お葉」という名前とも訣別させようではないか。今更「カネヨ」の名前に戻すのも芸がない。新たな門出を祝して、私は何か新しい名前を与えてやりたいと考えていた。そしてその名前こそ、次の私の作品のタイトルとしようということを漫然と考えていたのである。

目指したのはイタリア・ルネサンス期のピエロ・デラ・フランチェスカの絵画のように、モデルの顔を真横から捉えるといったものであった。しかしながらその模倣ではなく、あくまでも「カネヨ」の素の美しさを際立たせるためのシチュエーションを考えなくてはなるまい。

日本の着物姿では夢二の「お葉」のイメージを払拭することができない。かといって洋装ではカネヨの持つ日本的情緒を十分に表現できまい。オリエンタルな雰囲気の漂う、無国籍な絵画はどうだろうか…。思いあぐねた末に、私がたどり着いたのがチャイナドレスであった。というのも、前年に別の若い女性をモデルにチャイナドレスを着せ、同じような横顔を描き、『東洋振り』という作品を仕上げたのではあるが、その派手なチャイナドレスと、背景に書き込んだ漢字の印象が際立ってしまい、モデルの女性の個性がそこに埋没してしまったのである。

今のカネヨであれば、どのようなチャイナドレスで着飾っても、それに負けないだけの、華やかな美しさがあると確信している。

私はカネヨを伴って汽車に乗り、横浜にある唐人町へと出掛けて行った。

江戸時代末期、横浜の開港に合わせてこの地に外国人の居留地が設けられ、明治になると上海・香港と横浜とを結ぶ定期航路が開かれると、多くの中国人が来日することとなった。そして居留地の一角に中国人たちのコミュニティを形成し、そこが唐人町、あるいは南京町と呼ばれるようになったのである。

明治三十二（一八九九）年には外国人居留地が撤廃され、内地の雑居が許されるようになると、唐人町にも日本人商人や職人たちが進出し、中国人たちには職業制限が設けられるようになる。その代表的な職業として、洋裁、理髪、そして料理の三つに特化され、それぞれが商売道具に刃物を用いることから「三把刀《さんばとう》」と呼ばれていた。

カネヨは、夢二に伴われ、何度かこの地を訪れたことがある様子で、見知った料理店を見つける度に、何を食べ、何が美味しかったなどということをいちいち私に報告した。そんな明るい振る舞いの中に、常に「夢二」がカネヨの心の中に居座っているということを、私は密かに感じていたのである。

先の震災で倒壊した横浜関帝廟《かんていびょう》は、昨年の秋、中華会館の裏手に再建されていた。

本村大通りには多くの洋裁店が軒を連ね、われわれは落ち着いた店構えの一軒に入店した。

清朝の崩壊後、一九二〇年代に「旗袍《ちーぱお》」と呼ばれる中洋折衷型のワンピースが誕生し、これがいわゆるチャイナドレスと呼ばれるようになった。

そしてその流行は、ここ唐人町にもいち早く流入し、店内には所狭しとドレスが吊されていたのである。

品の良い五十路前後の女性が愛想良く出迎えてくれた。その傍らには女児が寄り添ってじっと私の方を見つめていた。

「お嬢ちゃんいくつ?」

カネヨが尋ねる。女の子はたどたどしく右手を差し出して四本の指を立てた。

「お子さんですか?」

私が尋ねると、「いいえ、娘の子供です」という答えが返ってきた。

「お嬢ちゃん、お名前は?」

再びカネヨが尋ねる。

「ファンウェイ」娘が小声で答えた。

女店主がレジ横にある紙にペンを走らせ、その名前を示した。

『芳恵』

「ふぁんうぇい」私は小声で呟いてみた。

「日本語では『ヨシエ』って発音するのよ！」

カネヨが屈み込んで娘に言った。娘は嬉しそうに頷くと、その愛らしい笑顔を私に向けたのである。

その瞬間、『芳恵』という言葉の響きが私の心に刻まれ、離れなくなっていたのである。

＊

翌日、私はカネヨをアトリエに招き入れると、二着買い求めた赤いドレスのうち、襟首のないシンプルな方を選び、それをカネヨに着せた。

カンバスに対して椅子を左向きに置き、そこにカネヨを座らせた。

誠に美しい横顔であった。背景は白いクロスの壁であったが、私の脳裏には荒涼としたシルクロードの風景が浮かんでいた。イタリア・ルネサンス期の雰囲気を醸し出すために、全体の色調はやや暗めに設定したいと考えた。日没後の夕闇が迫るあたりの時刻が良いだろう。空の青も鮮やかなブルーではなく、藍みを帯びた暗い鼠色としたい。その方がモデルを一層引き立てると考えたからである。

この頃の日本では、女性の半数近くは洋髪となり、日本髪は三分の一程度となっていた。残りは夜会巻や庇髪《ひさし》といった和洋折衷の束髪が占めていた。

私はカネヨの髪をゆるく三つ編みにし、その根元を赤い紐で縛った。そしてその毛先を隠すように丸め込み、その根元と毛束の両方をピンで固定した。襟足や耳回りの髪を整え、全体のバランスを整えながら、そこに萌葱《もえぎ》色のカチューシャを巻き付けた。少し離れて全体を眺めてみると、もう一つ華やかさがないと思い、唐人町で買い求めた赤い花をあしらった髪飾りを差した。

顔全体に薄化粧を施し、桃花色という薄い紅をさし、色鮮やかなフェザーとビーズをあしらった中国風の耳飾りを着けた。

カネヨは手鏡を持ちながら、時折笑顔を浮かべながら、自らのその変貌ぶりを無言で見つめていた。

私は絵筆をとる前に、蓄音機のネジを巻き上げ、お気に入りのレコードを載せた。ウィーンのヴァイオリニスト、フリッツ・クライスラーの自作自演集である。

私は震災の直前に来日を果たしたクライスラーの演奏を、帝国劇場で聴いて以来、彼のレコードを買い求め、ほぼ毎日のように聴いていたのである。

大きな朝顔型のスピーカーから、控えめなピアノ伴奏にのせて、美しいヴァイオリンの音色が部屋中に溢れ出す。

心なしかカネヨの表情が和らぐ。改めてカンバス越しにカネヨを眺めてみる。なだらかな額から続く整った鼻筋、上品な口元から続く美しい顎のライン、どこか遠くを見つめているその涼しげな瞳、そのどれをとっても、カネヨは至高のモデルといって良いだろう。

美術学校の生徒たちが憧れ、伊藤晴雨に愛され、そして竹久夢二によって「お葉」の名を与えられたカネヨが、今、全く新しい女性として生まれ変わろうとしていたのである。

こうしておよそ十日余りで仕上がった作品を、私は単に「女の横顔」と命名した。改めて完成した作品を客観的に眺めてみると、背景の岩山が目立ちすぎていると感じ、もう一つ高貴な美しさを表現しきれていないという気がした。

カネヨは自身の肖像画にしばし見入っていた後、唐突にこう切り出したのである。

「ねえ先生、一つ伺っても良いかしら。」

「何だね、改まって。」

「私は実の父親の顔を知りませんので、初めて先生にお会いした時、理想の父親の姿を先生に重ねて、ずっとお慕い申し上げてきました。」

「それは私も同じかな。カネヨはちょうど私の長女の由利子と一歳違いだから、ずっと次女のような存在として見守ってきたつもりなのだよ。」

「でも先生、私は正直に告白すると、いつの頃からか、先生に理想の男性像を重ね合わせるようになっていたのです。いつか家庭を持つことになったら、その相手は先生のような男性がいいなと思うようになっていたのです。」

「それは何とも光栄な話だね。」

私はカネヨの想いをはぐらかすように笑いながら答えた。

「先生、絵描きという人種は、洋の東西を問わず絵を描いている最中に、いつしかそのモデルと恋に落ちることがあると伺ったことがあります。」

「確かに、そうかもしれんな。私の師事した黒田清輝先生も芦ノ湖畔でモデルとして雇った女性が、後に奥様になられているし、美術学校の画学生、伊藤晴雨や竹久夢二といった画家たちが、自然とお前の虜になったのだからな。」

私は落ち着き払って、そう答えた。

「でも先生、先生は私を娘としてではなく、一人の女として私を見てくださったことはないのでしょうか？」

「なぜそんな事を訊く？」

「だって、先生のモデルをしながら、先生の視線を全身で感じながら、先生は一人の男として私をどう思っているのかしらと、いつも漠然と考えていたから。」

私は答えに窮していた。

そんなことは想像すらしたことがないと言ったらやはり嘘になる。

親子ほどの年齢差があって、大学教授という肩書きもある。妻がいて、父親という立場でもある。そうして超えてはならない一線を頑なに守ってきたのである。同時にこんな時に竹久夢二だったら、伊藤晴雨だったら、そんな一線は軽々と飛び越えてみせるのにと、そんな忸怩《じくじ》たる想いが頭の片隅にあったことは否定できない。

「カネヨにそんな風に思われていたなんて、私もまだまだ捨てたもんではないな。」

私は少し大げさに笑ってみせた。

「愛情表現というものにも様々な形があって、私の場合、その想いを一枚の絵画に昇華させ、モデルの魅力を存分に引き出してあげることだと考えているのだよ。」

思いつきで、心にもないそんな言葉を良くも吐くことができたものだと、我ながら感心していた。

カネヨは再び「女の横顔」に相対し、無言のままじっとその絵を見つめていた。私の言葉通り、描かれたカネヨ自身から、私の想いの断片を捜し出すかのように。

*

翌日から、再びカネヨをモデルに作品の創作に取りかかった。この二作品のうちの何れかを、今年の秋に開催される《聖徳太子奉讃展》に出品する予定であった。

私は唐人町で買い求めたもう一枚のドレスをカネヨに手渡した。

それは同じ生地で作られた茜色の襟付きのドレスで、より高貴な雰囲気を醸し出すために、古代宮廷風の紺地に宝飾をあしらった髪飾りをちりばめた。

出来上がったカネヨの立ち姿は、まるで紫禁城の中から抜け出した王族の娘のような気高さと崇高さを兼ね備えていた。

「女の横顔」と同様に白壁の前に横向きに座らせた。

今度は群青の空に、流れる雲のイメージが背景に浮かんだ。「女の横顔」では背景の三分の一を占め、少し主張の強すぎた岩山を下に押しやって、カネヨの姿が空からくっきりと浮かび上がるような構図とした。そして右手を僅か前方に差し出させ、そこに庭に咲いていた一輪の白い百合の花を持たせたのである。

百合の花言葉は「純粋」や「無垢」といった意味を持ち、キリスト教の世界では、聖母マリアを描く時には必ず百合の花を描かせるとのことであった。

私はカネヨに百合の花を持たせることで、過去の自分自身と決別させ、カネヨを新しく生まれ変わらせたいとの強い想いを込めたのである。

私はいつものように、蓄音機にレコード盤を載せた。エリザベト・レートベルクというソプラノ歌手の歌うシューベルトの「アヴェ・マリア」が、カネヨの美しさを一層際立たせた。

私は何物かに憑かれたように、一心にカネヨを描き続けた。自身のカネヨに対する想いをこの絵に昇華させ、わが生涯において最高傑作ともいえるべき作品に仕上げることができたならば、金輪際、女性を描かないと誓っても良い、そのくらい私はこの作品に賭けていたのである。

そして私はこの肖像画に、ずっと心の片隅に残って離れなかった《芳恵》という名をつけ、カネヨに「お葉」と決別する餞《はなむけ》としたのである。

やがて完成した絵を見たカネヨは、黙ったまま私の胸に顔を押し当てて、小声で呟いた。

「先生、ありがとうね。」

私はカネヨの背中に手を回し、その小さな体をそっと抱きしめた。カネヨは小刻みに体を震わせながら泣いていた。

その瞬間、狂おしいほどの愛おしさが込み上げてきて、私は力一杯、カネヨを抱きしめていた。

エピローグ

昭和二（一九二七）年、カネヨは大輪善治という男性と結婚する。しかしながらこの年、夢二が『都新聞』に連載した自伝的小説『出帆』が、新婚夫婦の間に暗い影を落とすこととなる。

『出帆』の中では夢二は《三太郎》として登場し、カネヨは《お花》として自由奔放な女として赤裸々に描かれ、そのことが原因となり翌年離婚。

この頃、カネヨは極度の神経衰弱となり、竹久夢二とも親交のある正木不如丘の経営する信州の富士見村にある病院に入院することとなる。その正木の紹介で若い医師、有福精一と知り合うこととなった。

昭和六（一九三一）年の六月、カネヨは誠実で一途な有福の想いを受け入れて結婚。カネヨは有福の故郷である静岡県富士市に移り住み、医師の妻として穏やかな日々を過ごす。二人の間に子供は生まれなかったが、終生仲睦まじい夫婦であったという。

昭和十八（一九四三）年三月、藤島武二が七十六歳で他界。

昭和四十二（一九六七）年、藤島武二の生誕百周年を記念してブリヂストン美術館（現アーティゾン美術館）で回顧展が開かれ、その会場を有福とカネヨが訪れた。展示された《芳惠》を前にして、カネヨは懐かしそうに当時の様子を有福に語って聞かせた。

昭和五十五（一九八〇）年十月、カネヨは夫に先立ち、七十六年という波乱に満ちた生涯を閉じる。

なお《芳惠》の絵画は、藤島武二の生誕百周年の回顧展を最後に、現在（令和五年）まで行方知らずとなっている。

夢うつつ

枯葉の舞い散る秋の終わりに
あなたの愛した街を訪ねた
長い石段ひとりで上れば
遥かな夕陽に染まる街並み
夢とうつつの間に彷徨う

あなたに会えないままに
一つの季節が終わる
あなたのあなたの
声を聴きたい今すぐ

あなたの愛した人に良く似た
絣の着物姿を見かけた
夢とうつつの間に彷徨う

答を出せないままに
湖畔の小径を歩く
あなたのあなたの
愛をください私に

路地裏に迷い込んだ私を
淋しそうに見つめてる黒猫
それはあなたの彷徨う心

曲：フランシス・レイ「Le Petit Matin（別れの朝）」
詞：谷　しせい

夢追い

プロローグ

明治四〇（一九〇七）年の八月、私は青森市内にある《大五阿波屋》という商家の長女として生まれました。

店のルーツは淡路島にあるといわれ、江戸時代に初代の源四郎が奉公先の船で津軽半島の竜飛岬沖で難破、運良く救助されましたが、そのまま青森に住み着いて魚を商う《阿波屋》を興したと伝えられています。

商売は順調で、やがて呉服も扱うようになり、私の父である五代目の清蔵の代になると、奉公人三十名を抱える市内でも屈指の大店《おおだな》へと成長することとなりました。

私のもっとも古い記憶は、その生家のあった青森に住んでいた頃のもので、それはおそらく三歳の頃のものだと思われます。

明治四十三（一九一〇）年の五月、昼過ぎに市内の安方《やすかた》町の菓子工場から出火した火災は、折からの強風にあおられ、私の家のある本町一丁目にも類焼し、私は母に手を引かれ、一目散に川向こうの赤坂稲荷へと逃げ延びたのです。

高台にある神社から、街のあちらこちらから立ち上る真っ赤な火の手と、青空を覆い尽くした真っ黒な煙をぼんやりと眺めていました。そんな世間の騒々しさとは裏腹に、母の背中で妹のとし子がスヤスヤと静かな寝息を立てていたことをはっきりと覚えています。

それが私の記憶の最も古い断片の一つとして残されているのです。

後になって聞くところによりますと、この火災では死者が二十六名、焼失家屋五千二百にも及ぶ大災害となったとのことであります。

この大火で《阿波屋》も一瞬にして灰となってしまいました。商売は急速に衰退し、父は懸命に立て直しを図るのですが、結局、私が青森高等女学校に通っていた時に家が破産、ついには人手に渡ってしまうこととなります。

大正十二（一九二三）年、私が十五の時に、母は私と妹を連れて上京し、そこで新たな生活を始めることとなりました。

母は、私を音楽教師にさせたいという思いで、東洋音楽学校のピアノ科に入学させるのですが、そこで私は声楽家の荻野綾子先生と出会うこととなり、その素質を見いだされて声楽科に移ることとなりました。

しかしながら間もなく生活は困窮を極め、私は学費を払うことができず、一年間の休学を余儀なくされたのです。これに加えて妹のとし子の眼病が日々悪化し、医師からは失明の恐れがあると告げられていたのです。このままでは十分な栄養も、満足できる治療も受けさせられないと思った私は、ついにある決断をしたのです。

私は「霧島信子」と名乗り、裸婦のモデルを務めるなどして生活費を稼ぐこととしたのでした。

初めは、後に「東洋のロダン」と称されることとなる朝倉文夫先生の彫刻のモデルを務めましたが、その時は余りの恥ずかしさに卒倒してしまったこともありました。

その後は東京美術学校教授の岡田三郎助先生、田口省吾、前田寛治といった若い画家たちのモデルを務めるのですが、東北生まれで色白、肉付きも良かったために「おのぶは絵になる」と評判となり、あちらこちらから引っ張りだこの売れっ子モデルとなりました。

当時の相場は、モデル料三時間で美術学校が五円八十銭、錦町にある絵画研究所が七円二十銭、そして個人の場合一回十円ということで、当時、珈琲一杯が十銭程度でしたから、かなりの高給取りということになりましょうか…。

一　昭和四年（一九二九年）

この年の三月、私は無事に東洋音楽学校を卒業し、四月には青山の日本青年館で初めての舞台に立つこととなりました。

在京の音楽学校、そして師範学校音楽科の卒業生代表たちが集い、来賓席には日本のクラシック音楽界の権威がずらっと顔を揃えるといった実に華々しい音楽会でした。母校の名誉という重責に押しつぶされそうになりながら、私は震えながら自分の出番を待っていました。

歌うのはウェーバーの『魔弾の射手』の中の曲で、主人公マックスの恋人アガーテが歌う「アガーテの祈り」というアリアでした。

マックスは猟師で、恋人のアガーテは森林保護官の娘という設定です。この森林保護官というのは世襲制であるため、森林保護官の試験に合格することが、マックスとアガーテの結婚の最低条件でした。ところが数日前からマックスは不調で、アガーテも気が気ではありません。

「のり子さん、あなたは音程はしっかりと取れているのだから自信を持って、本番ではいかにアガーテの気持ちに寄り添えるかということだけを考えて歌いなさい。」

薄暗い控え室の中で、私は恩師である久保田稲子先生にかけられた言葉を何度も反芻していました。

出番を待つ人たちの大部分が和服姿でしたが、私は桜色のサテンクレープのドレスに銀色の靴、そして舶来品のカットグラスの耳飾りといった、誰よりも派手で目立つ服装でした。

そして司会のアナウンスで名前を呼ばれ、私はおずおずとステージの中央へと進んでまいりました。

『まどろみが近寄るように～静かに静かに』

そんなアリアに添えられた副題を思い浮かべながら…。

私は無我夢中で歌いました。

驚いたことに、伴奏のピアノの音色がステージに溢れ出すと、自然と歌詞は次々と流れるように口をついて出てきたのです。

歌い終わってドレスを着替えながら、自然と涙が溢れ出てきました。歌の出来栄えに全く自信が持てなかったのです。

翌日の東京日日新聞に私の記事が載っていました。

『十年に一度のソプラノ』と。

*

この頃、大学生の就職率が三十パーセントを下回るといった厳しい状況の中で、私は母校の研究科に籍を置きながら、クラシックの声楽家としての活動をスタートさせたのです。

「のり子さん、良いこと？　あなたはまだまだスタートラインに立ったばかりなのよ。これからも私の家にレッスンに通いなさい。」

稲子先生の指示に従い、私は週に一度、田園調布にある稲子先生のご自宅にレッスンに通うこととなりました。

この年の九月、小津安二郎監督の映画『大学は出たけれど』が公開されました。

大学を卒業したものの、就職が決まらないままの主人公徹夫。故郷にいる母親には無事就職が決まったと嘘をつく。やがて母親は徹夫の許嫁の町子を連れて上京。二人に真実を告げられないままに、徹夫は会社への出勤を装って家を出て、近くの公園で時間を潰すこととなる。やがて彼の嘘を見抜いた町子は、ひそかにカフェで働き始める…そんな物語でした。

そしてそんな状況に追い打ちをかけるように、十月にはアメリカで株価の大暴落が起こり、いわゆる世界恐慌と呼ばれる荒波が世界中に広がっていくこととなります。

二　昭和五年（一九三〇年）

この年の初め、日本では浜口内閣により金解禁が断行されました。

私は政治や経済といった社会情勢にはとんと疎いのですが、聞くところによりますと、この方策は日本経済への荒療治で、あえて円高に誘導することで、「放漫財政の整理」「企業淘汰」を実現し、国際競争力を高めて景気の回復をはかるというものであるとのことでした。

そんな極端な不景気の中、クラシックのコンサートの需要も激減し、それだけでは生計を成り立たせることは不可能な状況でした。

こうして私は、稲子先生には内緒で、流行歌手としての道を歩み始めることとなるのです。

私が初めて吹き込んだレコードは、加奈木隆司作詞の「夜の東京」というジャズの曲でした。作曲は新進の井田一郎氏でしたが、彼は大正時代に日本初のジャズバンドを結成したといわれる人物でした。

ジャズに更けゆく銀座の街よ
酒に浮かれた酔いどれおとこ
一寸たたずむ十字街
御神燈《ごしんとう》明るい浜町河岸よ
岸の柳よ隅田の河に
主を待つ身に鐘が鳴る

クラシックの歌曲であれば、ピアノやオーケストラの前奏を聴いて、譜面通りに歌い出すことができるのですが、ジャズバンドの場合はなかなか歌い出しのきっかけがつかめず、何度も駄目出しをされてしまいました。

「君はそれでも音楽学校を出ているのかね?」

終いにはバンドのメンバーからそんなことまで言われる始末で、泣きながら何度も録り直しをして、ようやく六回目にOKが出たのです。

こうしてその年の三月、「夜の東京」が世に送り出されましたが、残念ながら大したヒットとはなりませんでした。

その後に吹き込んだ「ラヴ・パレード」は、モーリス・シュバリエ主演のフランス映画の主題歌で、ヨーロッパの王国を舞台に、王女と伯爵との恋愛模様をコミカルに描いた作品でしたが、「トーキー」作品という話題性も相まって、映画は浅草の電気館でロングランとなりました。

私のレコードには「擲弾兵行進曲《てきだんへいこうしんきょく》」という勇ましい邦題もつけられ、初めてのヒット曲となったのです。この曲のデュエットのお相手は毛利幸尚さんで、彼は後に三浦環さん主演のオペラ『蝶々夫人』にも出演するなど、クラシックの王道を進まれる一方、時節柄、多くの軍歌なども吹き込まれていました。

この「ラヴ・パレード」は、私にとって初めてのフランス歌曲、つまりはシャンソンということになります。

剣とりて来たれ　我が前に
喇叭《らっぱ》の響き　胸は燃え踊る
我らが胸も　燃え踊るよ

進め　胸に誠を込めて　いざ進め
進め　胸は誠と情けに　燃ゆるよ
国のため　丈夫行け　生命捧げて
胸に誠をこめて行け
剣を取りて行け

（佐藤一郎　作詞）


この曲のヒットがきっかけとなり、映画監督の五所平之助さんから、浅草の電気館への出演依頼が舞い込んできました。

私は躊躇しました。

『のり子さん、どんなに苦しくても、生活に負けないことよ。本格的なものを、ぐんぐん究めていかなかったら、音楽をやった甲斐、ないじゃないの』

『あなたは天分にめぐまれているのよ。苦しくても、切なくても、本気に芸術に打ち込んで…芸術の道なんて、いつも寂しく辛いものなのよ』

稲子先生には、事あるごとにそんな言葉を掛けられ、いつも励まされていましたが、五所監督はこんな風に言って私を説得したのです。

「浅草の人々に自分の歌が本物か、通用するかどうか試してみませんか？　歌には上手い下手はあるけれど、ジャンルはどうあれ、本物の歌は必ず人の心を捉えるものなのです」と。

私は誰に相談することもなく、散々迷った挙げ句、電気館への出演を承諾したのです。月収二百円という報酬を定期的に頂けるという提案も、もちろん魅力的でしたが、それ以上に、私の心の奥底には、浅草に対する「郷愁」にも似た感情が根付いていたのです。

私は浅草を歩くのが大好きでした。

雷門の大提灯、浅草寺へと続く仲見世通り、色とりどりの看板、呼び込みの声やクラリネットの音色、そして「雷おこし」の甘い香り…等々。

それらの一つ一つが、私の記憶にすっかりと住み着いていたのです。

そんな浅草の人たちに、私の歌声を聴いてもらえる、評価してもらえる…そう考えただけで、私は武者震いが止まりませんでした。

そしてついに、電気館での初舞台を踏むこととなりました。

当時電気館は、松竹の直営で、アメリカのパラマウント映画の専門封切館でした。

私が主題歌を歌った『ラヴ・パレード』もパラマウント作品でしたが、初めての総天然色でトーキー映画となった『放浪の王者』など、この年に電気館で上映されたパラマウント作品は実に六十四本という数にのぼっています。

そのほとんどが超満員という賑わいでしたから、その上映の前後で舞台に立つということは、あの卒業演奏会の比ではないほどに、私は足の震えが止まりませんでした。

それでも歌劇『カルメン』のハバネラの前奏曲が流れてくると、私の体は自然とステージ中央のマイクに向かって歩き出していたのです。自らの意思というよりも、何物かに導かれるかのように。

そして私が歌い出すと、それまで雑然としていた会場が一瞬にして静まり返ったのです。そう、まるで水を打ったように。

私は無我夢中でした。緊張の中にいるというよりも、気分はすっかりカルメンになりきっていたのです。

歌い終わると、万雷の拍手と口笛、そして「のり子〜！」という掛け声があちらこちらから飛んできました。

そう、これが浅草なのです。高尚ぶったり、気取ったりすることなく、むき出しの感情で迎えてくれる。この嵐のような拍手に、私は涙が止まりませんでした。

そして私は確信したのです。この大衆演芸こそが、私の生きる道であるということを。

しかしながら、私が「浅草に出た」ということで、クラシックの世界からは急に冷淡な扱いを受けることとなるのです。

演奏会への出演が決まっていた法政大学からは出演を断られ、挙げ句の果てには母校である東洋音楽学校の卒業生名簿からも、流行歌手になったということで、名前が抹消されるという事態に至りました。

私は悲嘆に暮れるというよりも、とにかく腹が立って腹が立って仕方がありませんでした。

『クラシック音楽が上等で、流行音楽が下等と決めつけるような、そんな世界とはこっちから縁を切ってあげるわよ！』

『よぉ〜し！見ていなさいよ。日本中の人々の心に感動を届けられるような、超一流の流行歌手にきっとなってみせるから！』

＊

この年、宝塚少女歌劇団のレビュー『パリ・ゼット』から生まれた「すみれの花さく頃」が大ヒットいたしました。

春すみれ咲き　春を告げる
春　何ゆえ人は汝を待つ
たのしく悩ましき
春の夢　甘き恋
人の心酔わす
そは汝　すみれ咲く春

すみれの花さくころ
はじめて君をしりぬ
君を想い日ごと夜ごと
悩みしあの日のころ

すみれの花咲くころ
今も心ふるう
忘れな君　われらの恋
すみれの花咲くころ

忘れな君　われらの恋
すみれの花さくころ

この歌は、欧州に派遣されていた白井鐵造氏がフランスから持ち帰り、日本語の歌詞を作詞したものですが、元歌はドイツの流行歌で、白井氏の留学中にフランスでも大ヒットしていたとのことでした。元歌はリラの花でしたが、日本では余り馴染みがない花ということで、すみれの花に置き換えたとのことです。

戦後になって、私はこの歌を、本来の「リラの花咲く頃」としてレコードに吹き込むこととなります。

そしてもう一つ、この年の十二月、私にとって思いがけない出来事がありました。

ある日、電気館での公演が終わり、楽屋で化粧を落としながら一息ついていると、顔見知りの報知新聞の記者Kさんが一人の男性を伴って私を訪ねてきたのです。

私はその人物を一目見た瞬間、固まってしまいました。憧れの竹久夢二先生だったのです。新聞や雑誌等で何度もお写真を拝見しておりましたし、何よりも夢二先生の描かれた画集や絵はがきや小物が大好きだったのです。

「こちらは竹久夢二先生、淡谷君は知っているかな？」

Kさんは悪戯っぽい笑顔を浮かべながら、夢二先生を紹介してくださいました。

「僕は君の歌がとても気に入ってね。今日はK君に無理を言ってここに連れてきてもらったという訳なんだ。」

あの天下の竹久夢二が私に会いに来てくださった…それだけで私はすっかり舞い上がってしまいました。

「実は折り入って、君に頼み事があってね…。」

そう言って夢二先生が切り出されたのは、あるコンサートへの出演依頼でした。

この度、夢二先生が初めて欧米に行かれることとなり、その資金を得るためのチャリティー公演を催すこととなり、是非とも私に出演して欲しいとのことでした。

もちろん私は喜んでその申し出を受け入れることとし、早速スケジュールの調整に取りかかったのでした。

三　昭和六年（一九三一年）

その公演に先立ち、四月に私は故郷、青森県弘前市で開催された《郷土訪問独唱会》に出演することとなりました。

青森高等女学校の同窓生が私の後援会を立ち上げてくれて、弘前公会堂で二日間にわたるリサイタルが開かれました。

第一部ではトセリ、シューベルト、そしてドリゴと三曲の「セレナーデ」を歌いました。ピアノ伴奏は同行した和田肇さんでした。

続いては夢二先生の作詞による三曲、「宵待草」「花をたづねて」「蘭燈《らんとう》」、そして最後にクラシックの歌曲「セビリアの理髪師」の「アリア」を歌ったのです。

初めて私の歌を聴いてくださった弘前の方々も、温かい熱狂的な拍手で迎えてくれました。私は込み上げてくるものを堪《こら》えることができませんでした。

第二部は和田さんのピアノ独奏で、「黒人の狂想曲」というジャズの大曲を披露いたしました。ところが聴衆の方々は、本格的なジャズを受け入れる素地がなく、随分と戸惑っていた様子でした。

第三部は再び私の独唱で始まりました。ナポリのカンツォーネから三曲、「帰れソレントへ」「サンタルチア」「オー・ソレ・ミオ」、そしてスペイン民謡の「ラ・スパニョラ」、休憩を挟んで日本の流行歌「心の雨」「ラヴソング」「ナポリ」を歌いました。

再び和田さんのジャズ・ピアノを挟んで、私の十八番『ラヴ・パレード』から「トロット」「ワルツ」「マーチ」を歌いました。拍手は鳴り止まず、私は和田さんにエスコートされ、再びステージに向かい、客席に向かって深々とお辞儀を繰り返しました。温かい故郷の歓迎ぶりに、改めて涙が頬を濡らしました。

和田さんがピアノに向かい、ドニゼッティの歌劇『連隊の娘』の前奏を弾き出しました。私はその歌劇の最後に歌われる「別れの唄」を心を込めて歌い上げたのです。

こうして弘前で二日間を過ごす間に、私と和田さんの二人の関係は、伴奏者と歌手という立場を超えて、急接近することとなったのです。

青森から上野へと向かう夜行列車の中で、私は和田さんと並んで座っていました。弘前駅で買い求めた弁当をつまみに、地酒を飲み続けているうちに、私はすっかり酔いが回り、和田さんの肩にもたれてウトウトしていたのです。

「どうだ？　僕と一緒になるか？」

そんな和田さんの、冗談ともつかない言葉を、私は夢見心地で聞いていました。

＊

私たちは休む間もなく、群馬県へと向かいました。群馬県での公演は『舞踊と音楽の会』と題され、四月下旬から十日間にわたり、群馬県内の高崎、前橋、富岡など県内の各地を回る巡業となりました。

当時、夢二先生は群馬県の榛名山の湖畔に美術学校を建設するという計画も進めておりまして、洋行と併せての資金調達という目的も兼ねておりました。私は敬愛する夢二先生の夢の実現に少しでもお役に立てればと考え、私の出演料は全額寄付させて頂くこととしたのです。

群馬県は明治五年の富岡製糸場の操業以来、製糸業や絹織物がとても盛んとなり、富岡、前橋は糸の町として、そして伊勢崎や桐生は織物の町として大層な賑わいをみせておりました。しかしながら世界恐慌、昭和恐慌という荒波の中で生糸の価格が暴落し、大衆芸能のような娯楽は二の次、三の次という世知辛い時代となっていたのです。

大正の時代、「夢二式」で一世を風靡した先生も、軍国主義の台頭と共に、その抒情的な才能を発揮する機会を失いつつありました。そんな折、多くの画家たちが憧れ、実現させてきた洋行という夢を、五十歳という年齢を目前にして、夢二先生も自身で達成したいとの強い想いに駈られたのでしょう。

夢二先生ほどの高い知名度と人気を誇りながらも、行く先々での公演は満員にはほど遠く、空席も目立つといった状態でした。同時に私の知名度もまだまだということを思い知らされる結果となりました。

前橋での公演は、地元のマンドリン楽団との共演となりました。この楽団は夢二先生とも親交のある萩原朔太郎氏が主宰する団体でありまして、朔太郎氏も飛び入りで参加し、自作の「機織る乙女」という曲をマンドリンの独奏で見事な腕前を披露してくださいました。

「淡谷くん、ボクの本当の夢は音楽家になることだったんだよ。私に少しでも音楽の天分があったら、もちろん音楽家になっていたのだけれどね。」

朔太郎氏はそう言って、悪戯っぽい笑顔を見せたのです。

「先生はいつからマンドリンを習われていたのですか？」

「ボクは旧制中学校の時に、銀座で父からマンドリンを買って貰い、その後上京してから本格的にマンドリンを習い始め、群馬に帰って間もなく、この合奏団を結成したんだよ。」

　ちょうどそこに夢二先生が加わって、こんなことを仰ったのです。

「ボクも若い頃にマンドリンを買って、独学で始めてはみたのだけれど、そもそも音楽の素養がなく、楽譜すら読めないので、マンドリンはもっぱら絵を描くときの小道具になってしまったのですよ。」

「それなら、夢二先生が榛名湖畔に美術研究所を建てられたら、ボクが時々出掛けていってマンドリンの手ほどきをいたしましょう。」

「こんな歳でも大丈夫かな？」

「プロの音楽家になるのでなければ、楽器を習うのに年齢は関係ありません。帰国されましたら、ぜひ楽器をご持参の上、群馬にお越し下さいませ。」

　そんなお二人の会話を聞きながら、私自身もいつかは榛名湖を訪れてみたいという想いに駈られていたのです。

＊

とりわけ私が印象深かったのが富岡での公演でした。

かつて官営の模範工場としてスタートした富岡製糸場は、その後三井に払い下げられ、続いて原合名会社の傘下で原富岡製糸所と改名されていました。

昭和恐慌により製糸業は減産を余儀なくされていましたが、私たち一行が訪れた時には、製糸所を中核とした富岡の町中は、大層な賑わいを見せておりました。

「せっかく来たのだから」と夢二先生に促されて、私たちも製糸所内を見学させていただくこととなりました。

夢二先生や私が富岡に来ることは広く知れ渡っておりまして、大久保左一工場長自らがご案内してくださいました。

初めに案内して頂いたのは繰糸所でした。

「ここにはポール・ブリューナがフランスから持ち込んだフランス式操糸器が三百釜あります。」

「富岡工女」と呼ばれた女工さんたちが、忙《せわ》しなく糸繰りをしていましたが、私たち一行が通り過ぎる度に、こんなつぶやき声があちらこちらから聞こえてまいりました。

『夢二さんよ、夢二！』

『あの娘が、淡谷のり子っていう歌手よ！』

　工場長が説明を続けます。

「あの窓をご覧ください。まだガラスが貴重だった時代、あのガラス窓もフランスから直輸入したものでございます。」

『フランスか…。』

　夢二先生はフランスという国の名が出る度に、遠い目でそう呟かれておりました。

　実のところ、私は先ほどから工場内の強烈な臭いに悩まされておりました。衣服にその臭いがつかないかと、説明もそぞろとなっておりました。

「毎日毎日、この臭いの中で働いている女工さんたちも大変ですね。」

「この臭いは、繭の中から蛹《さなぎ》が羽化しないように煮沸するために生じたものなのです。」

　夢二先生の言葉を受け、工場長が説明してくれました。私が当たり前のように身に纏っている絹というものが、これほどの厳しい条件の下で作り出されていたということを知り、改めて頭の下がる思いでした。

その後、繰糸所の北に建つ蒸気釜と隣接する鉄製の水槽を案内して頂きました。

「元々はブリューナ・エンジンと呼ばれた蒸気機関が動力源でしたが、大正九年に電化されると、この蒸気釜もその使命を終えたのです。」

工場長はそう言いながら、首長館を案内してくださいました。

「ここは元々はブリューナ一家が住むために建造された建物で、地下にはワイン倉庫まで備えられています。一家が帰国すると工女向けの教育施設となっております。」

「ここにはピアノかオルガンはありますでしょうか?」

その時、私はふとあることを思いついていたのです。

「オルガンならございますが…。」

私が同行していた和田肇さんに視線を送ると、彼も『わかった』と言うようにゆっくりと頷き返したのです。

こうして私たち一行は、製糸所内で即席の音楽会を催すこととなったのです。

講堂に入りきらなかった工女たちは、講堂の南に広がる広場に集まっていました。夜の音楽会まではほとんど時間がありませんでしたので、私は心を込めて一曲歌わせて頂きました。

私が目配せをすると、和田さんがオルガンを弾き始めたのです。それは誰もがよく知る竹久夢二先生の作詞による「宵待草」の前奏でした。

その途端、待ってましたといわんばかりの、割れんばかりの拍手が起こったのです。

待てど暮らせど来ぬ人を
宵待草のやるせなさ
今宵は月も出ぬさうな
暮れて河原に星ひとつ
宵待草の花が散る
更けては風も泣くそうな

＊

製糸場の周囲には沢山の食堂やお店が立ち並び、その一角に一際大きな富岡座という演芸場があり、私はそのステージに立ったのです。

《榛名山産業美術学校建設・夢二画伯外遊送別／舞踊と音楽の会》と銘打っておこなわれた公演は夕方の六時に幕が開きました。会費は全席八十銭で、配布されたチラシには、私はこのように紹介されておりました。

東都民謡歌手の第一人者　淡谷のり子嬢

レコードでお馴染みののり子嬢来る！

この吉報にファンは踊り上がって喜びます、民謡歌手としてソプラノ界に王座を占め、早くよりポリドール会社の専属として飛躍し、近くはコロンビヤ、キングレコード等と各レコード会社は、嬢の争奪戦を始める有様であります。

春宵一夕、嬢の歌を心ゆくまで味わふは価正に一刻千金。

幕開けはクラシック。

トセリ、シューベルト、そしてドリゴのセレナーデと続けて歌いました。伴奏の和田肇さんはクラシックだけでなく、ジャズのセンスも抜群でしたが、このセレナーデでは、私のソプラノが引き立つように、絶妙な寄り添い方をしてくれるのです。

歌い終わると、割れんばかりの拍手が降り注ぎました。

拍手の波が静かに引いていくのを見計らって、私が和田さんに目配せをすると、彼は再び、「宵待草」の前奏を弾き始めました。

その途端、待ってましたといわんばかりの、割れんばかりの拍手が起こったのです。

その晩、「夢二一座」は高崎にある「豊田屋」という旅宿に泊まることとなりました。

この度の『舞踊と音楽の会』は、高崎出身の貴族院議員の桜井伊兵衛先生が、私の熱心なファンということで、企画してくださったとのことでしたが、その晩の宴席は、地元の旧家、名士をはじめ、絹で財をなした方々で大いに賑わい、求められるままに私も一曲歌うことになりました。

女将が持ち出してきたアコーディオンを和田さんが弾いて、再び「宵待草」を歌い出したのです。

大いに盛り上がっていた宴席は急に静まりかえり、徳利片手に立ち上がっていた人たちもその場に座り込んだのです。

歌いながら、私は夢二先生の様子を窺ったのですが、先生は窓際の障子戸を少し開けて、外を眺めていたのです。

夜の十時を回ったところで、ようやくお開きとなり、私たちは宴席から解放されました。私が部屋に戻ろうとした時、突然、後ろから夢二先生に声を掛けられたのです。

「淡谷くん、ちょっと折り入って話があるんだけれど…。」

そう言って先生が自室に来るようにと小声で呟いたのです。

夢二先生の、女性にまつわる噂の数々は小耳に挟んでいましたので、私は躊躇しました。いっそのこと和田さんにお願いして一緒に伺わせていただこうかとも考えましたが、それでは余りにも先生に失礼だと思い直し、結局、一人でお邪魔させていただいたのです。

先生は二間続きの和室の一室で、座椅子にもたれ掛かるようにして私を出迎えてくれました。

念のため、私はテーブルを挟んだ対面に座り、万が一の時はすぐに逃げ出せる体勢をとることとしました。

「君はまだまだ行ける口だろう?」

先生はそう言って、私に酒を勧めてきたのです。私がコップを差し出すと、先生は溢れんばかりになみなみと注いでくれました。先生は自らのコップにも酒を注ぎ足すと、

「乾杯！」と言ってコップを合わせたのでした。

「ボクももう少し若かったら君を口説きにかかるのだけれどね。」

先生は本気とも冗談ともつかない言葉を掛けてきました。

「君の歌を聴いているうちに、どうしても君をモデルにして絵を描いてみたくなったんだよ。ぜひモデルになってくれないかね？」

「そんなことでしたらお安いご用です。夢二先生に絵を描いていただけるなんて、そんな光栄なことはありません。」

「お礼と言っちゃ何だけど、今度、私のデザインした帯を君にプレゼントさせて貰うよ。今日のステージ衣装のように、君の白い肌には黒がとっても良く似合うと思うので、黒繻子《しゅす》の帯が良いでしょう。何か描いて欲しい絵柄はあるかな？」

「私はお船が好きなので、オランダ船がいいかしら。」

「オランダ船か。いかにも君らしい注文だ。」

そう答えながら、先生は腰高窓の障子を開けると、そこに私を座らせ、せっせと絵筆を走らせているのでした。

「先生、一つお伺いしてもよろしいでしょうか？」

「何なりとも。」

「先生はなぜ、群馬県に美術研究所を建てようと思われたのでしょうか?」

先生は一呼吸おいてから、淡々と説明を始めたのです。

「一つには榛名湖畔の風景がとても気に入ったこと。あれほどの標高の高いところに豊かな水を湛えている自然の素晴らしさ、四季の移ろい、そういったもの一つ一つが私の心を捉えて離さないのだよ。その湖を囲むように連なる榛名の山々も、余りにも美しく、余りにも優しく、そして文明というものに全く毒されていないのだ。」

先生はグラスのお酒をゆっくりと口に含まれて、言葉を続けました。

「私の生まれは瀬戸内海に面した邑久《おく》郡本庄村という漁師町なんだけれど、海に点在する島々の風景と、榛名湖の風景とが不思議と重なって見える時があってね、時々、湖に小舟を浮かべ波に揺られていると、まるで故郷にいる時のような安らぎを感じることがあるのだよ。」

しばし無言で絵筆を走らせてから、先生はこうも付け加えられたのです。

「そして何よりも一番の理由は、私の夢に賛同し、その夢を支えてくれている上州人の人情かな? そもそも私が最初に群馬県を訪れたのは、一人の少女が私に宛てて書いた手紙でした。伊香保を訪れる度に、まるでわが家に帰った時のように、私を温かく迎えてくれる人々もいます。そして私が美術研究所の夢を語ると、湖畔にアトリエを建てるための土地を無償で提供してくれるという人もいました。

「そのアトリエが完成したら、いつか私もご招待していただけますでしょうか？」

「もちろんだとも。君さえ良かったら、アトリエで君のリサイタルを開こうじゃないか！　ボクはフランスに行ったら、気に入ったあちらの流行歌を持ち帰ってね、私が日本語の詩を書いてみたいと思っているんだよ。そうしたら君は歌ってくれるかね？」

「もちろんですとも！　楽しみにお待ちしております。」

「私は今回の洋行で一つの夢を叶えたいと考えているのです。今回の演奏会でも明らかとなったように、挿絵画家の末路なんて、ご覧の通り哀れなものです。雑誌や新聞の類に掲載されたものは読んだ側から捨てられる運命にある。懸命に捻り出した小説などの装丁にしても、行き先は古本屋の棚の中。時折、埃まみれの本を見つけるととても哀しい気持ちになるのです。出品画を描くお偉い先生方の作品は、美術館に飾られ、日本の美術史に燦然と輝き続けるのです。今回の洋行を通じて、もう一度絵の修行をして、たった一枚で良いから、美術館の片隅に飾られるような絵を描いてみたいと考えているのです。」

そんな一途な夢を語って下さる先生の顔は、まるで少年のように生き生きとしておりました。

その間も先生は手を休めることなく、一心に私の絵を描き続け、小一時間ほどで絵は完成いたしました。私がどのように描かれているのかワクワクしながら覗き込むと、そこに描かれた女性に私自身の面影は微塵もなく、かの有名な細面の「夢二式美人」だったのです。

*

この公演を終えて二週間後、夢二先生は船上の人となりました。太平洋を横断して、最初の寄港地であるサンフランシスコから、絵はがきを送っていただきました。

健康と言葉さえ自信があれば世界は広い

どこにも幸福がある

だがしかし、ここでは歌も俳句も出来ません
産業美術も手がつきません
人工的な音は私の耳を悪くしました
いやはや、古いフォードほどの値打ちもない私です

夢　生

その手紙から、私は夢二先生の孤独をひしひしと感じておりました。どなたか先生に付き添って身の回りのお世話をしてくださるご婦人でもいらっしゃったら、もう少し明るい文面の葉書を受け取ったことでしょう。

この年の九月十二日、私はピアニストである和田肇と入籍して、洗足に新居を構えることとなりました。最高の伴奏者として、そして様々な音楽に造詣の深い彼こそが、私の人生における最良の伴侶であると考えたからに他なりません。そして何よりも私好みの髭の二枚目でした。

彼は明治三十八年生まれなので、私よりも二歳年上ということになります。そして私

と同じ東洋音楽学校のピアノ科に在籍しておりましたが、ジャズに魅せられて二年で中退しておりました。

彼の唯一の欠点はというと、女性に優し過ぎるということでしょうか？　その欠点が露呈したのは、結婚三日目のことでした。かつて和田と同棲生活を送っていたというダンサーが、突然わが家に乗り込んできたのです。

「この泥棒猫！」

私を見るなり、彼女は突然私に飛びかかってきたのです。和田は彼女を羽交い締めにして、泣きわめく彼女を落ち着かせようと必死でしたが、なぜか私はいたって冷静で、そんな二人を醒めた様子で観察していました。

彼女を帰らせた後、和田は必死になって弁明をし、私に平謝りでしたが、私はこの時には既に、彼に対して「理想の夫」という幻想を抱かないようにと心に決めておりました。そもそも料理も裁縫も苦手な私が、「理想の妻」になれる筈もないのですから。

それから数日後、突如、満州で戦争が始まってしまいました。

日本国内では、張学良率いる国民革命軍による鉄道の破壊工作が発端で始まった戦争であると喧伝され、また大日本帝国は、満州族による清朝再興の支援をおこなっているとの大義名分が掲げられました。

当時の若槻礼次郎首相は、満州における不拡大方針を表明致しましたが、軍部や右翼の強い不満を抑えきれず、ついに十二月には総辞職に追い込まれ、代わって犬養毅首相が誕生することとなりました。

犬養首相はまず、昭和恐慌と呼ばれた危機的な経済状況を打破するために、金の輸出を全面的に禁止し、軍事費の増額と赤字国債発行というインフレ政策に打って出ることになります。

この結果、円相場は急速に下落し、この円安のお陰で輸出が急増し、まもなく昭和恐慌の危機を脱することとなります。

そして大陸の情勢は、私たち国民の知らない水面下で、思わぬ方向へと向かっておりました。

清朝最後の皇帝であった宣統帝溥儀は、当時、天津の日本人租界内で保護されておりましたが、日本人の画策により天津を脱出し、清朝再興のシンボルとして、密かに満州へと移ることとなったのです。

一方で、戦争は音楽の分野にも暗い影を落とすこととなり、私が自由気ままに音楽活動を続けることが、日増しに困難な事態へとなってゆくのであります。

『淡谷くん、今のうちに好きな歌を歌っておきなさい。いつか歌いたい歌が歌えなくなる日がやってきますから』

そんなことを夢二先生に言われたことが、急に脳裏に浮かんだのです。そんな先生のことを思い浮かべていると、その翌日、夢二先生からの絵はがきを受け取ったのです。

結婚おめでとう。これからは淡谷くんではなく、和田くんと呼ばなくてはなりませんね。もっともご夫婦が一緒の時には紛らわしくなるから、のり子ちゃん、のりちゃんと呼ばせて頂こうかしら

満州で始まった戦争の影響で、在米の日本人への風当たりも強くなっています

太平洋沿岸にあるカアメルという町は芸術の町です

私も早く日本に帰って、ハルナ山にこんな町を作りたいと思っています

先生の夢を心から応援したい、そんな想いと共に、榛名湖畔のアトリエで歌う私自身の姿を、ぼんやりと思い浮かべておりました。

四　昭和七年（一九三二年）

三月一日、満州国の建国が内外に発表されました。長春は新京と改められ、首都が置かれることとなり、「五族協和」をスローガンとして掲げられました。

この頃、私は初めて外地のステージに立つこととなったのです。日本統治下の朝鮮の主要都市、釜山、京城、仁川、平壌などを二週間で回るという巡業公演でした。

私はあえて朝鮮の歌である「アリランの唄」をレパートリーに取り入れることとしたのです。

アリラン　アリラン　アラリよ
アリラン峠を越えて行く
青い空には小さな星も多く
我々の胸には夢も多い

この歌の起源は高麗王朝期に作られたという説と、咸鏡《かんきょう》道地方の農民の唄が元歌という二つの説がありますが、大正末期に朝鮮で公開された日本映画『アリラン』の主題歌として、朝鮮全土に広がったとされています。

私は佐藤惣之助作詞による日本語の歌詞で歌うこととしたのですが、どうせ朝鮮で歌うのならと、私は日本語の歌詞の一節をあえて朝鮮語で歌うこととしたのです。

それまで行儀良く静かに耳を傾けていた聴衆達から、一際大きな拍手と歓声が沸き起こったのです。ハンカチを取り出して涙を拭う姿もあちらこちらで拝見致しました。私も感極まって頬を濡らしながら歌い続けたのです。

コンサート終了後、公演の来賓として招かれていた朝鮮総督のお偉いさんに呼ばれ、朝鮮語で歌ったことを厳しく咎められたのですが、私はそんなことはどこ吹く風といったように、その後も必ず朝鮮語の歌詞を歌い続けたのでした。

ステージは一日一公演、ホテルは超一流という好待遇でしたが、この頃からピアニストで夫でもある和田との関係がギクシャクし始めており、同行したピアニストは妹のとし子でした。

帰国して間もなく、「アリランの唄」を長谷川一郎とのデュエットでレコードに吹き込んだのです。この長谷川一郎という歌手は本名を蔡奎燁《さいけいか》といい、朝鮮の流行歌手でした。内地向けの日本語のレコードを吹き込む際には、この長谷川一郎の芸名を用いておりました。

ちなみにこの時の伴奏オーケストラは古賀政男先生の指揮による明治大学マンドリン倶楽部でした。

前年の昭和六年には、古賀政男作曲、高橋掬《きく》太郎作曲、そして明治大学マンドリン倶楽部を従えて録音した「私この頃憂うつよ」が大ヒットし、私は一流スターへの仲間入りを果たすことができたのです。

情の壺に咲いた花
涙の庭に散つた花
命もうすく咲いて散る
花の心を誰が知る
私この頃憂欝よ

＊

満州国の建国と共に、軍国主義、国家改造の足音は国内にも及び、そして五月十五日に犬養首相暗殺という、何とも痛ましい事件が起こったのです。

一説には満州国の承認を政府が渋ったためとも言われていますが、その中核にあるのは、ファシズム国家体制への急速な転換を図ろうとする青年将校たちのクーデタであることは、政治にはとんと疎い私でも理解しておりました。

五　昭和八年（一九三三年）

この年、ベルリンに滞在中の夢二先生が絵手紙を送ってくださいました。しかしながら、そこに記された挿絵は、陽光に照らされた欧州の風景ではなく、兵士の被る鉄兜のようなものだったのです。

ドイツはとても酷い状況にあります
ユダヤ人の迫害は目に余るものがあります
どこかにユダヤ人の住む土地はないか　ユダヤ人のための国家建設を見たい
ぞろぞろと街を歩く彼らの姿は　葬列よりも重く寂しい
思い上がったナチスの若者の　鉄兜をがちゃつかせて行く勇ましさも　何か寂しい
避雷針のついた鉄兜を着たヒットラーが何を仕出すか　日本といい　心掛かりである

その手紙を受け取って間もなく、私は一ヶ月にも及ぶ満州を中心とする外地への巡業を行いました。

ハルビン、大連、新京、撫順《ぶじゅん》、奉天から上海と回り、同行したピアニストは和田肇でしたが、私たちの間には既に修復できないほどに深い溝が横たわっていたのです。ホテルの部屋は別々に用意して頂きましたので、私はこれ幸いにと、毎晩のように上海の街に繰り出したのです。

上海には一週間ほど滞在したのですが、当時の上海には、イギリス、アメリカ、フランス、そして日本などの租界地が設けられ、日本租界にも煌《きら》びやかなダンスホールが建ち並び、毎晩のようにジャズの生演奏を楽しむことができたのです。

本場アメリカやフィリピンから招かれた一流のプレーヤーの演奏はとても刺激的で、私をすっかり虜にしてしまいました。

ある晩、『ブルーバード』というダンスホールで偶然にも和田と鉢合わせになってしまいました。少し離れた席から、素知らぬ顔で、時折和田の様子を窺っておりましたが、その表情は常に真剣で、店内に溢れる音楽に恍惚とした表情を浮かべていたのです。ああ、和田は音楽を心から愛する、根っからのミュージシャンなんだ、ということを改めて確認した次第です。

和田も私も、夫婦という関係を結ばなかったら、お互いにもう少し尊敬の念を持って接することができたのではないか、そんな後悔にも似た感情を抱えたまま、私はホテルに帰ってきました。

＊

この巡業期間中に、もう一つ忘れられないエピソードがありました。

奉天の長春座という劇場で、私のリサイタルを開いた後、一人でホテルに帰ろうとした時、私はなぜか道に迷ってしまったのです。支那町と呼ばれる城内付近をウロウロしていると、たまたま通りかかった一軒の屋敷の門柱に『山口文雄』という表札を発見したのです。

歩き疲れ、手洗いも拝借したいという気持ちから、迷うことなくその呼び鈴を押したのです。

玄関ドアが開き、十五歳前後の少女が怪訝そうに顔を覗かせました。

「あっ！」少女はなぜか驚きの声を発したのです。

「道に迷ってしまいまして、ちょっとご不浄をお借りしたいのですが?」

私がそう言うと、「淡谷のり子さんですよね!」と少女。

その少女は何と、ご両親と一緒に私のリサイタルを聴いてきたばかりとのことでした。

手洗いを拝借し、お茶を頂き、しばらく彼女の家で休ませて貰った後、父親の車でホテルまで送っていただきました。

その愛らしく美しい少女は淑子《よしこ》と名乗っていましたが、その翌年、彼女は李香蘭という名で華々しくデビューすることとなるのです。

*

その年の七月、パリに滞在中の夢二先生から、久方ぶりに手紙が届きました。

憧れのパリに来ています。

世界中の画家たちが憧れたモンマルトルには、ピカソやモディリアーニ、ユトリロやロートレックといった画家たちが描いた街並みが、当たり前のようにそこかしこに点在しているのです。

丘の上に建つ白亜のサクレクール寺院から見渡すパリの街並みは、私が思い描いた夢の世界そのものの風景を見せてくれるのです（ああ、この感動をどうすれば君に届けることができるのか！）。

街の至る所には、所狭しとイーゼルが立ち並び、画家の卵たちが熱心にカンバスに筆を走らせている光景が見られます。

あと二十年、いやあと十年早くこの場所に来るべきであったと、今更ながらに後悔の念が浮かんでくるのです。いや、こうしてパリの街を訪れることができたことを、幸運だったと振り返ることができる日がくることを信じています。

日本に帰って、榛名のアトリエに籠もり、パリの街の風景を思い浮かべながら、一心にカンバスに向かうことができる日を心待ちにしています。

追伸

モンマルトルの辻々では、アコーディオンを抱えた楽士たちが美しい音色を奏で、その傍らには小唄（シャンソン）を歌う歌手たちの美しい歌声が流れています。淡谷くんも是非一度はパリの街を訪れ、本場のシャンソンを聴いてみることを勧めます。

＊

そして八月、夢二先生がナポリを発つ直前に、再び絵手紙を送ってくださいました。

君はオランダ船を描いて欲しいと言っていたけれど、イタリアのヴェネチアに浮かぶゴンドラの方が素敵だと思いました。

そんな言葉と共に、運河に浮かぶゴンドラが描かれていました。

先生は九月に神戸に着くと、十月には台湾に渡り、《竹久夢二画伯作品展覧会》を開き、十一月、ようやく東京に戻ってこられたのです。

『君の帯が出来たから、取りにいらっしゃい。』

程なくそんな葉書が私の許に届きました。

先生が私との約束を覚えていてくれたことが何よりも嬉しく、黒繻子の帯に描かれたゴンドラの絵柄を思い浮かべては一人ほくそ笑んでいました。

生憎、仕事の都合でなかなかご自宅を訪ねることができず、十二月も押し迫った頃、ようやく世田谷のご自宅を訪ねる事としたのです。ところがいざご自宅に伺ってみると、先生は体調を崩されて入院してしまわれたとのことでした。そして容態は芳しくなく、程なく信州富士見にある高原療養所に転院されてしまったのです。

六　昭和九年（一九三四年）

　夢二先生の療養先である信州の富士見村へは、汽車で半日の行程でしたが、中央本線が東京から山梨を経由して岡谷まで延びておりましたので、汽車を乗り換えることなく行くことができました。

　甲府盆地を抜けると間もなく、進行方向左手には南アルプスの山並みが迫ってまいります。

「ほらほら、あれが北岳だよ。富士山に次いで日本で二番目の高さなんだ。」

　父親と思しき乗客が指さしながら、小さな男の子に向かって自慢そうに語っていました。

　車窓からはまだ僅かに雪を頂いた山々が、真っ青な空を背景に、まるで背比べをしているかのように峰を連ねているのがはっきりと見えました。

　小淵沢を過ぎて甲信の国境を越えますと、今度は進行方向右手に八ヶ岳連峰が見えてまいりました。

「ほら、あの一番高い山が赤岳だよ。」

先ほどの父親がそう言って窓の外を指さします。息子は窓に額を押し当てるようにして、その指さす山を探していました。

富士見のホームに降り立ちますと、標高九五五メートルという標柱が目に留まりました。吹き抜ける風は涼やかで、むしろ多少の肌寒さを感じるほどでした。

駅から療養所までは徒歩で十分ほどの距離でしたので、私は歩いて行くこととしたのですが、五月とはいえ、まるで初夏のような強い日差しが容赦なく降り注ぎ、すぐに滝のような汗が吹き出し、せっかくの化粧をきれいに洗い流してしまいました。

『富士見高原日光療養所』という表札の掲げられた玄関を抜け、受付で夢二先生に面会したいと告げると、白装束の若い女性が「そちらでしばらくお待ちください」と言って、廊下にある緑色の長椅子を指さしました。

程なく丸眼鏡をかけた男性がやってまいりました。

「淡谷さんですね。私は院長の正木と申します。」

まさか院長先生が直々にいらっしゃるとは思いも寄らず、私は慌てて椅子から飛び上がってしまいました。

「夢二くんのお部屋には蓄音機がありましてね。いつも貴女の歌声が流れているんですよ。」

　正木先生は穏やかな口調でお話になられました。

「それで夢二先生の具合はいかがでしょうか？」

「それがここ数日、余り芳しくなくてね。時々激しく咳き込んで喀血したり、意識が朦朧とすることがあるのです。本院は結核という病の性格上、基本的に面会はお断りしているのですが、夢二くんの病室にはガラスの小窓があるので、そこから様子を窺うことは可能ですよ。」

　私は白装束とマスク姿で、夢二先生の病室の、ガラスの小窓の前に立ちました。そこからはちょうど夢二先生の寝姿を覗き見ることができたのです。

　一緒に上州の各地を回りながら、伊香保で洋行への想いと、そして帰国後の夢を熱く語ってくださった時の生気は感じられませんでした。ただ顔色だけは想像していたような白さではなく、どちらかというと健常者のような日焼けした褐色だったのが意外でした。正木先生の説明によりますと、結核患者の療法の一つで、日々日光浴をさせているとのことでした。

病室に入られた正木先生が耳元で何かを囁かれると、夢二先生の目が開き、そしてガラス越しに、ゆっくりとその視線を私に向けてくれたのです。夢二先生は私の存在を認めてくださったらしく、二度、三度と小さく頷き、微かな笑みを浮かべてくれました。

その瞬間、私はただただ涙が溢れ出てしまい、その想いを言葉にすることができませんでした。その一方で、何とかして私の歌声を、もう一度夢二先生に聴いてもらいたいという強い衝動に駆られていたのです。

私は病室から出てきた正木先生にその想いを伝えました。

「それは良いアイディアですね。」

正木先生はちょっと悪戯っぽい笑みを浮かべ、私に賛同してくださいました。こうして病棟の中庭に足踏みオルガンが運ばれ、近くに住む小学校の音楽教師が駆けつけてくれたのです。

私は崩れた化粧を丹念に直し、予め用意しておいた赤いワンピースに着替え、ハイヒールに履き替えると、そこが劇場の舞台であるという心持ちに切り替えたのです。

その若い女性の音楽教師と共にゆっくりと舞台に歩み出ると、割れんばかりの拍手が降り注いでまいりました。周囲をゆっくりと見回すと、正木先生がゆっくりと右手を振っているのを確認することができました。そしてその傍らに、夢二先生のお姿を見つけることができたのです。

まずはオルガンの伴奏に合わせて「宵待草」から歌い始めました。歌い出してすぐに気づいたのですが、どこからともなく静かな歌声が聞こえてきたのです。看護婦さんたち、そして患者さんたちのそのコーラスは、まるで高原の風のように優しく、私の歌声にそっと寄り添ってくれたのです。感動の余り、またまた自然と涙が溢れ出てしまいました。

そして二曲目は、先頃夢二先生にフランスから送って頂いたシャンソンを歌うこととしたのです。

『帰国したら、ぼくが日本語の歌詞を書いてあげるよ』

この日は原曲のフランス語で歌うこととしましたが、いつの日か夢二先生に日本語の歌詞を書いて頂ける日が来ることを信じて、そんな想いを込めて歌わせていただくこととしたのです。

その曲の誕生は昭和五（一九三〇）年なのですが、日本でも「聞かせてよ愛の言葉を」の邦題で、昭和七年にはレコードが発売されましたので、私もいち早くレパートリーに加え、フランス語で歌っておりました。

夢二先生はこの曲を聴きながら、フランス滞在中の様々な出来事が脳裏に飛来しているのではないでしょうか？

歌い終わると、再び割れんばかりの拍手が私を包み込んでくれました。まるで異国の円形劇場で歌っているかのような、そんな感動に囚われておりました。

私は何度も何度もお辞儀を繰り返し、手を振り続けました。改めて夢二先生の方を見上げますと、正木先生が両手を大きく振っている傍らで、上半身を起こされた夢二先生がゆっくりと右手を挙げられているのがわかりました。私は深々とお辞儀をしてから、飛び上がるようにして大きく手を振り返したのです。とめどもなく涙が溢れてまいりました。

結局それが、私が見た夢二先生の最後のお姿となってしまいました。

昭和九（一九三四）年九月一日、竹久夢二永眠（四十九歳）。

エピローグ

昭和十（一九三五）年五月、淡谷のり子は和田肇との婚姻関係を解消し、再び母と妹と暮らし始めることとなる。

昭和十二（一九三七）年、日中戦争が起こったこの年、服部良一が作曲し、のり子が歌った「別れのブルース」が大ヒット。

昭和十三（一九三八）年の四月、のり子は一人娘の奈々子を出産している。しかしながらのり子は終生父親の名を明かそうとはしなかった。

のり子の言によれば、その男性とは和田と別れた後に知り合ったとのことである。かつてのり子が東京駅の八重洲口にあった『シェルター』というバーで雇われマダムをしていた時の常連客とのことである。

横浜の資産家の一人息子で、大手の銀行員であったが、やがてその男性には外地への赴任命令が出され、折から起こった日中戦争の最中、男性は青島で病に倒れ、三十一歳という若さで他界してしまった。

この父親についてはもう一つ異説が残されている。のり子が叔父である淡谷悠蔵に語ったところによれば、実は奈々子は養女で、日本橋の老舗の息子が結婚に反対され、満州に駆け落ちして女の子が生まれたものの、貧しくて子供を育てることができず、その女の子をのり子が引き取って養女にしたとのことである。

戦時中、のり子と中国大陸の巡業を共にしてきた歌手のディック・ミネによれば、のり子の妊娠している姿を一度も見たことがないとのことである。

昭和十四（一九三九）年にヨーロッパで大戦が始まり、翌年に日独伊三国同盟が成立すると、ドイツの敵国という理由でフランスのシャンソンを歌うことに、当局が難色を示し始めたのである。

昭和十六（一九四一）年に太平洋戦争が始まると、アメリカ、イギリスの音楽は一斉に「敵性音楽」の烙印を押されることとなった。一方、ドイツの侵攻によりフランス全土がドイツの支配下に置かれていたため、なぜかフランス語の歌は「敵性音楽」とは見なされなかったのである。しかしながら「国民の士気の昂揚と健全娯楽の発展」という観点から、のり子のレコードの多くが発売禁止となった。歌手にとっての仕事道具ともいうべきマイクロフォンまでもが「敵性用具」として禁止される始末であった。

のり子は中国各地を慰問公演で回っているが、禁止されているドレスを着て、入念にメイクを施し、歌謡曲やシャンソンはもちろん、求められればジャズやタンゴなどの洋楽も堂々と歌ったのである。のり子は「ドレスは私の戦闘服」と公言し、軍部から何度も叱責を受け、その都度始末書を書かされたものの、のり子への公演の依頼は尽きることがなかった。

戦地に赴く兵士達を前にしても、のり子は決して軍歌を歌うことなく、兵士達の望んだ「別れのブルース」やシャンソンを歌った。

戦時中の慰問演奏といえば、こんなエピソードも残されている。

昭和二十（一九四五）年、太平洋戦争の末期、のり子は慰問演奏のために鹿児島の基地を訪れていた。

舞台袖で待機していたのり子に、中年の将校が小声で呟いた。

「淡谷さん、あそこで白鉢巻きをして座っている少年たちをご覧なさい。彼らはいわゆる特攻隊員です。命令が下されればただちに出撃しなくてはなりません。あなたの歌の途中で中座することもあるかもしれませんが、どうぞお許し下さい。」

のり子は悲痛な面持ちでステージに立った。せめて自分の歌が終わるまではこの場にいて欲しい…そんな祈りにも似た想いで歌い続けた。突然、一人の鉢巻き姿の少年がすっと立ち上がり、静かに一礼をして立ち去った。そしてまた一人、また一人とそれに続いた。

「すいません、ちょっと泣かせてください。」

のりこは堪らず背中を向けて泣き続けたのである。

平成十一（一九九九）年九月二十二日、淡谷のり子永眠（九十二歳）

あとがき

それぞれの時代を彩った絵画には、その一枚一枚に物語がある。

画家そのものの人生はもちろん、その時その時の画家の心境や境遇、描かれた人物や風景に対する想いといったものが、絵画の中に込められている。

同じことは絵画に描かれたモデルにも当てはまる。画家が男性でモデルが女性の場合、両者の関係性や「恋愛感情」の有無といったものにも人々の興味は向けられるであろう。

*

歴史の教科書等でお馴染みのジョルジュ・ビゴーは、十九世紀末のフランスでジャポニスムの洗礼を受け、浮世絵に描かれた憧れの国「ニッポン」にやって来る。しかしながらビゴーの憧れた浮世絵の時代はとうの昔に終わりを告げ、不平等条約改正へと急ぐ明治政府への反発から、皮肉にも風刺画家としての地位を確立することとなる。

ビゴーの魅力は、その時々の社会を鋭く切り取った「風刺画」にあることはもちろんであるが、そこに描かれた日本人女性に対する「優しい眼差し」からも見て取ることができる。日常生活を逞しく生きる女性、旅先で出会った女性、遊郭の馴染みの女性、真剣に愛し合った女性、そして妻となった佐野マス等々。

ビゴーの関連本を求めて神田の古本屋街を歩いていると、時に明治時代にビゴー自身の手によって出版された印刷物と出会うことがある。いつか自分の手元に置いておきたいと思うのだが、平均五十万円前後の値付けに未だ手を出せないでいる。

*

竹久夢二の最高傑作とされる『黒船屋』は群馬県の竹久夢二伊香保記念館に所蔵されている。

数年前から、私は年に一度の『黒船屋』の特別公開（九月）に足繁く通うようになっていた。そこには常に一つの「疑問」がつきまとっていた。

黄八丈を着たモデルの女性は誰なのか？

そんな疑問を抱き始めた時から、竹久夢二をめぐる女性たちに惹かれ、あれこれと調べるようになった。

最初の（そして唯一の）妻となった岸たまき、最愛の女性とされる笠井彦乃、そして夢二から「お葉」の名を与えられた佐々木カネヨ。

特に「お葉」こと佐々木カネヨは、夢二の他にも、日本の美術界にその名を残す藤島武二、そして「責め絵」「幽霊画」として一部の好事家にその名を知られている伊藤晴雨らのモデルを務めるなど、実に興味深い波乱に満ちた人生を送っている。

僅か十二歳の時から、二十二歳までのおよそ十年間、その類い希な美貌故に多くの男たちを虜にした「お葉」は、最後に藤島武二のモデルを務め、『芳恵』という傑作を残す。

平成二十九（二〇一七）年、生誕百五十周年を記念した藤島武二展が練馬区立美術館で開催された。私はそこで『芳恵』に対面できるという期待に胸を膨らませていたのであるが、その会場で初めて、その絵が半世紀以上も行方知らずとなっていることを知って愕然とした。

その時、「お葉」を主人公とした物語を書きたいと思い、そこから私自身の「お葉」探しの旅がスタートすることとなる。

＊

五、六年ほど前に竹久夢二伊香保記念館を訪れた時、そこに展示されていた『舞踊と音楽の会』と題された一枚の写真に目が留まった。
そこには竹久夢二と共に歌手の淡谷のり子の姿があった。彼女は夢二の榛名湖畔に理想の美術研究所を建設すること、そして外遊という長年の夢を支援するために、無償でチャリティーコンサートに出演していたのである。

我々の世代にとって「淡谷のり子」といえば、バラエティ番組の「ご意見番」としての辛口コメンテーターというイメージで語られることが多いが、歌手としてデビューする以前、「霧島のぶ子」の名でヌードモデルを務めたことがあった。

そこから淡谷のり子の生涯に興味を持ち、関連本を集め、ＣＤ等でその歌声を聴いた。戦前から戦中、そして戦後と壮絶な人生を送ってきた彼女自身の生き様に強く惹かれた。

もう少し早く彼女に興味を持っていたならば、彼女自身のコンサートに行き、そして彼女自身の言葉を聞くことができたかもしれない…そんな後悔にも似た気持ちが残る。

昨年、長野市にある北野美術館を訪れ、淡谷のり子をモデルに前田寛治が描いた『裸婦』と対面することができた。

＊

ともすると歴史というと、国家や為政者、制度や法令、事件や災害といったものに目が行きがちだが、詰まるところ、その歴史を作ってきたのは他ならぬ「人」であり、いわゆる「市井の人々」にもそれぞれの歴史があり、物語がある。

画壇に名を残した有名画家に描かれた「名もない人々」にもそれぞれの人生があり、その断片に触れることで、描かれた絵画の理解がより深まるということはいうまでもない。

ここ数年、今回の物語に登場する人物たちの、いわゆる「所縁《ゆかり》の地」巡りが私の趣味となっている。

竹久夢二の生家（岡山県）、墓所（東京都・雑司ヶ谷霊園）、そして夢二が榛名湖畔に建てたアトリエ（復元）、笠井彦乃の墓所（東京都・高林寺）、佐々木カネヨの墓所（静岡県富士市・泰徳寺)、そして藤島武二の墓所(東京都・青山霊園)等々。

淡谷のり子の墓所は生誕の地である青森市にあるとのことなので、近日中に本書を携えてお墓参りに行ってみたいと考えている。

今年の夏、二十数年ぶりにパリを訪れた時、ビゴーの生まれ育ったカルチェ・ラタン界隈を歩いてみた。強い夏の日差しを避けるように、サンジェルマン＝デ＝プレ教会に足を踏み入れると、ちょうどパイプオルガンの音色が堂内に響き渡っていた。今から百数十年前、ビゴーもこのパイプオルガンの音色に耳を傾け、色とりどりのステンドグラスを見上げていたのだろうと想像しながら、いつしか幼い頃のビゴーに似た少年の姿を探し求めていた。

本稿の出版にあたり、細やかな校正作業等を手際よく進めて頂いた上毛新聞社出版編集部の皆様、そして著作権に関わる煩雑な手続きや適切なアドバイス等を頂いた石倉実奈さんに心より感謝申し上げたい。

令和五年八月吉日

表紙『芳恵』（藤島武二）＊所在不明
裏表紙『日本の歌い手』（ジョルジュ・ビゴー）市立伊丹ミュージアム蔵

主な参考文献

「ビゴーの妻」
・『ビゴー素描コレクション』（全三巻）芳賀徹・清水勲・酒井忠康・川本皓嗣編
岩波書店　一九八九年
・『ビゴー日本素描集』清水勲編　岩波文庫　一九八六年
・『続ビゴー日本素描集』清水勲編　岩波文庫　一九九二年
・『ビゴーがみた世紀末ニッポン』（別冊太陽）清水勲監修
平凡社　一九九六年
・『ビゴーを読む』清水勲編著　臨川書店　二〇一四年
・『ビゴー《トバエ》全素描集』清水勲編　岩波書店　二〇一七年
・『快楽亭ブラック』イアン・マッカーサー著　講談社　一九九二年
・『快楽亭ブラック伝』小島貞二著　恒文社　一九九七年

「夢うつつ」
・『生誕一五〇年記念　藤島武二展』（図録）　東京新聞　二〇一七年
・『お葉というモデルがいた』金森敦子著　晶文社　一九九六年
・『夢二を変えた女　笠井彦乃』坂原冨美代著　論創社　二〇一六年
・『外道の群れ』団鬼六著　朝日ソノラマ　一九九六年
・『夢二日記』（全四巻）長田幹雄編　筑摩書房　一九八七年
・『夢二書簡』（全二巻）長田幹雄編　筑摩書房　一九九一年

「夢追い」
・『ブルースのこころ』淡谷のり子著　ほるぷ　一九八〇年
・『淡谷のり子　わが放浪記』淡谷のり子著　日本図書センター　一九九七年
・『ブルースの女王　淡谷のり子』吉武輝子著　文藝春秋社　一九八九年
・『新版日本流行歌史』（上巻）古茂田信男・島田芳文・矢沢寛・横沢千秋編　社会思想社　一九九四年

著者略歴

谷　しせい（本名：澁谷正章）

1960年　群馬県利根郡月夜野町（現みなかみ町）生まれ
1979年　群馬県立沼田高等学校卒業
1984年　新潟大学人文学部卒業
1988年　早稲田大学文学研究科（修士課程）修了
同 年　日本女子大学附属中学校非常勤講師
1989年より群馬県高等学校教諭
吾妻高等学校・高崎北高等学校
高崎高等学校・渋川女子高等学校
高崎女子高等学校（2021年退職）

著書

風はいずこへ（上毛新聞社　2021年）

夢うつつ

発行日　2023年8月27日

著　者　谷　しせい

発　行　上毛新聞社営業局出版編集部
〒371-8666
群馬県前橋市古市町1-50-21
TEL 027-254-9966
